STAFF

原作	『コードギアス 反逆のルルーシュ』シリーズより
企画	サンライズ
小説	高橋びすい
新キャラクターデザイン	木村貴宏
新ナイトメアデザイン	アストレイズ
漫画	曽我篤士
協力	BANDAI SPIRITS コレクターズ事業部 KADOKAWA、ホビージャパン

CODEGEASS設定資料館

CHARACTER

▶レド・オフェン

スザクの直属の部下。コノエナイツの一人。シュネーと反して大局で物事を判断できる冷静さを持つ少年。名誉ブリタニア人でナイトオブラウンズであるスザクの過去に興味を持っている。

CHARACTER

▶シュネー・ヘクセン

スザクの直下に配属されたブリタニア貴族出身の少年。幼少のころからの両親からの影響もありナンバーズへの偏見が強い。確固たる信念はなく、周りに流されやすい性格。

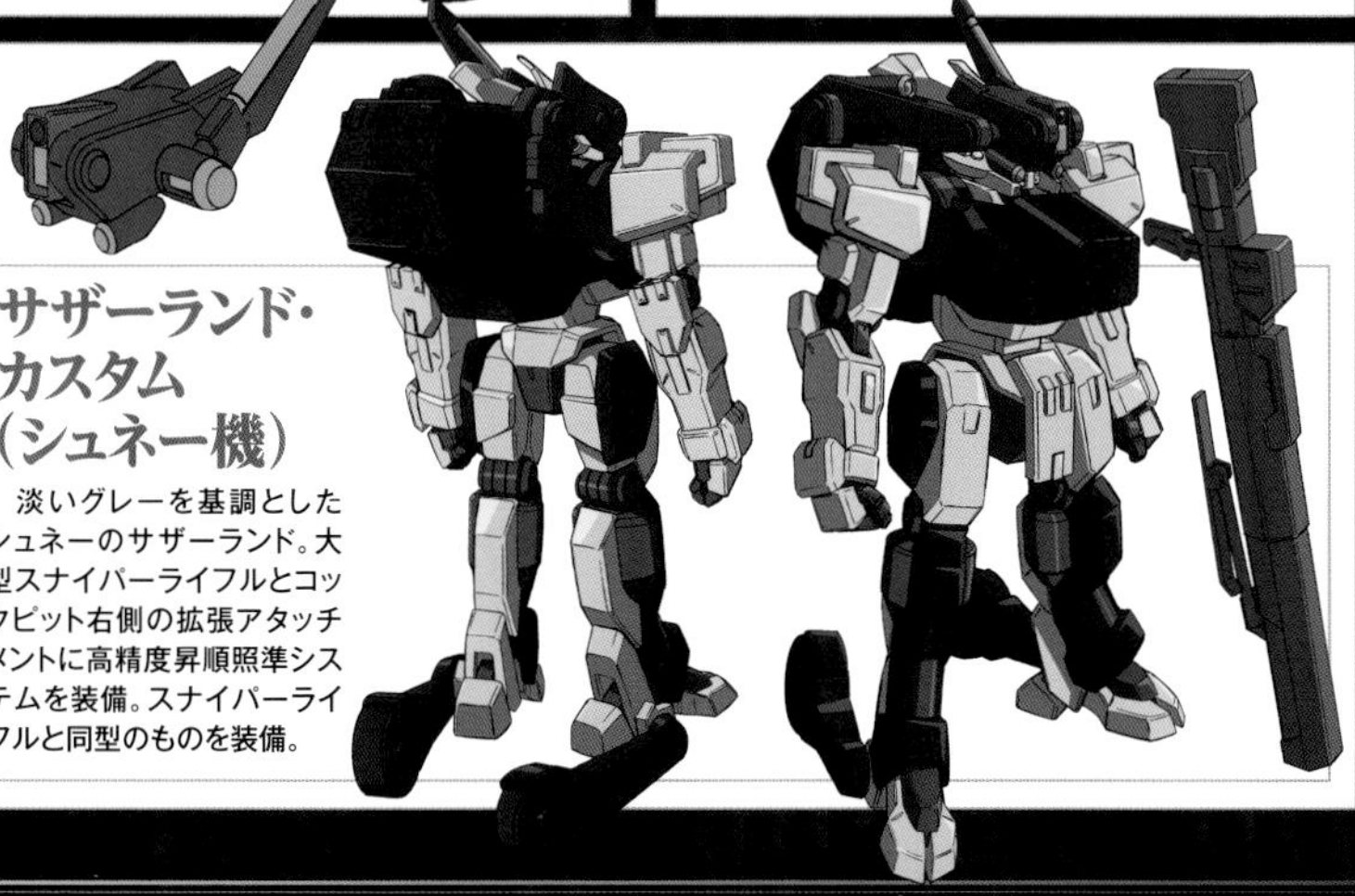

▶サザーランド・カスタム（シュネー機）

淡いグレーを基調としたシュネーのサザーランド。大型スナイパーライフルとコックピット右側の拡張アタッチメントに高精度昇順照準システムを装備。スナイパーライフルと同型のものを装備。

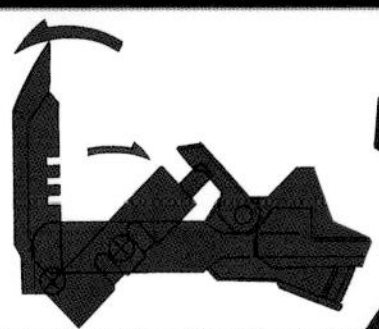

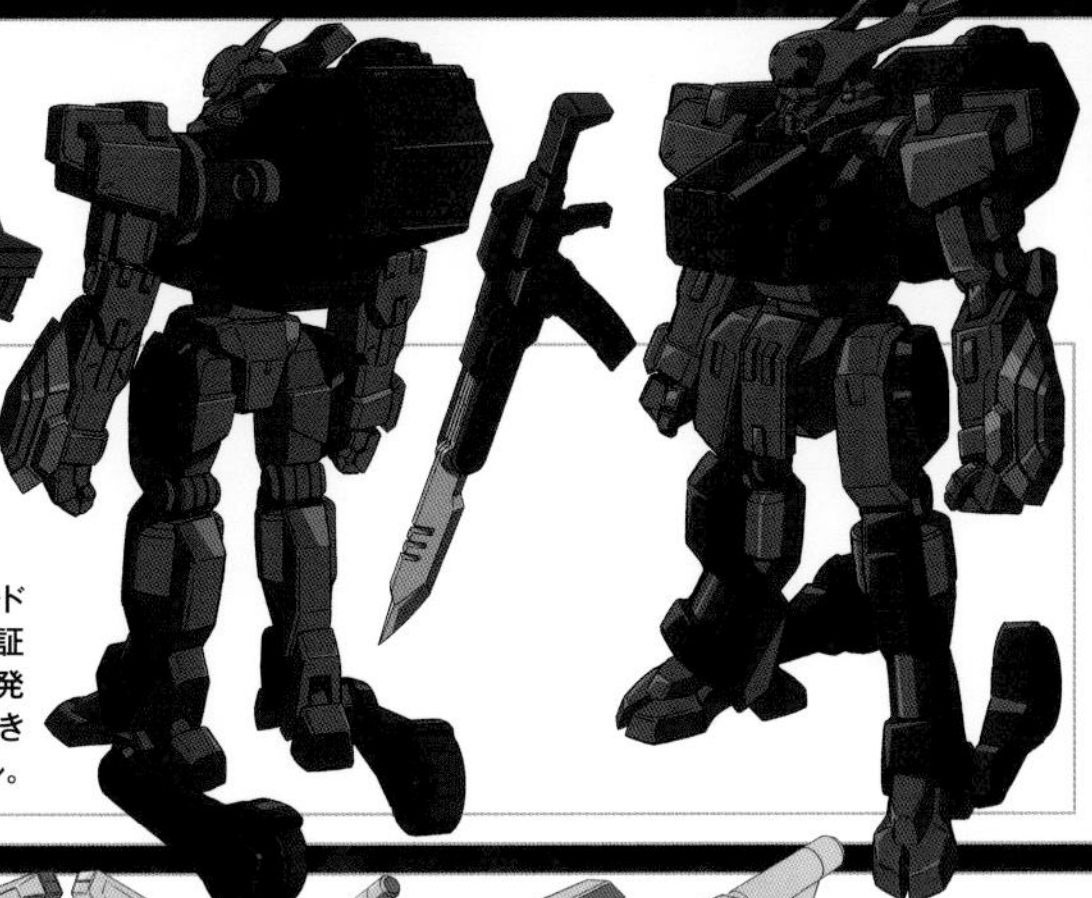

▶サザーランド・カスタム（レド機）

深いグレーを基調としたレドのサザーランド。左腕に検証実験中のブレイズ・ルミナス発生器を装備。武器は銃剣付きの新型可変アサルトライフル。

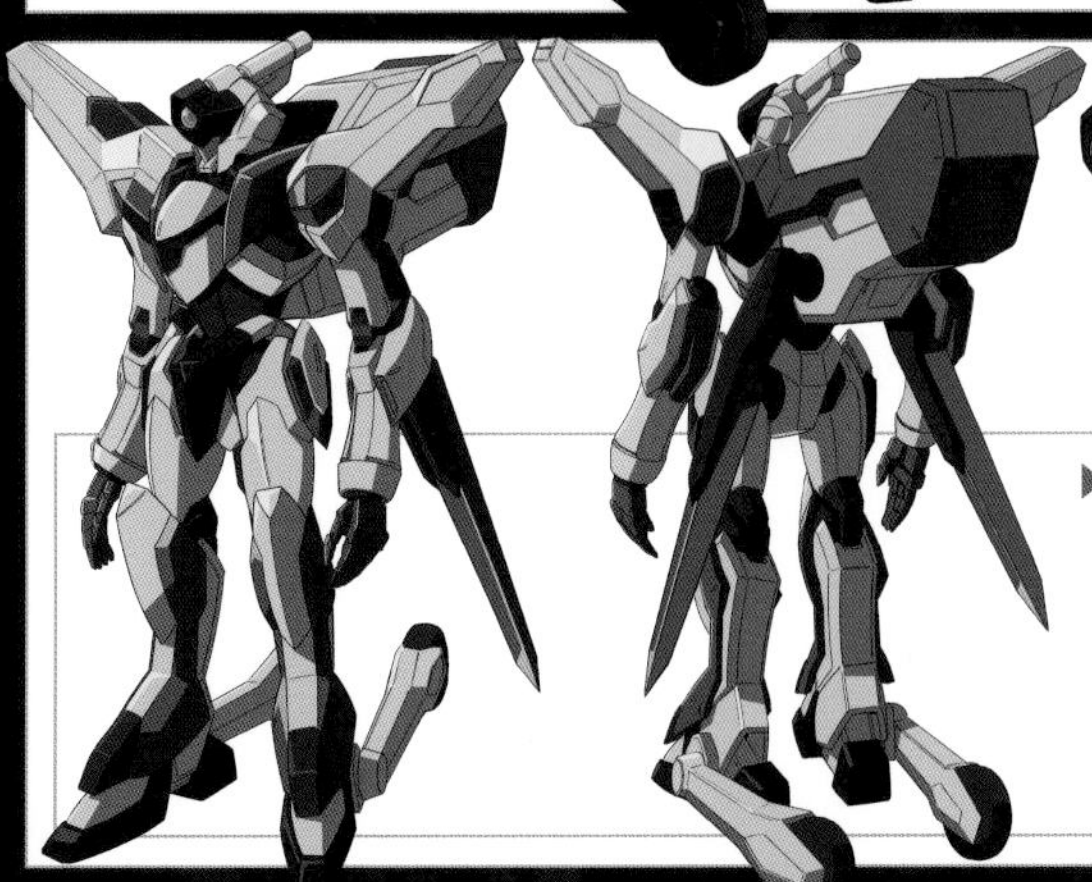

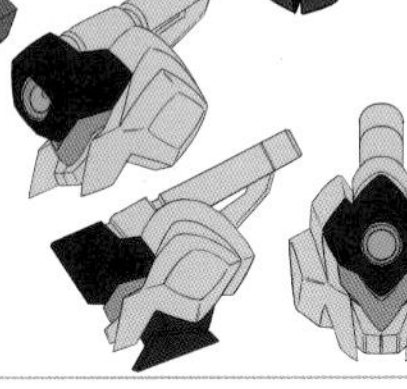

▶ヴィンセント・スナイプ

淡いグレーを基調としたシュネーの機体。ヴィンセント・グラムと共通のライフルに変形する右肩をしており、狙撃に特化した頭部を装備している。

▶ヴィンセント・ブレイズ

深いグレーを基調としたレドの機体。サザーランドからのコンセプトを引継ぎ、近接、護衛用の装備。

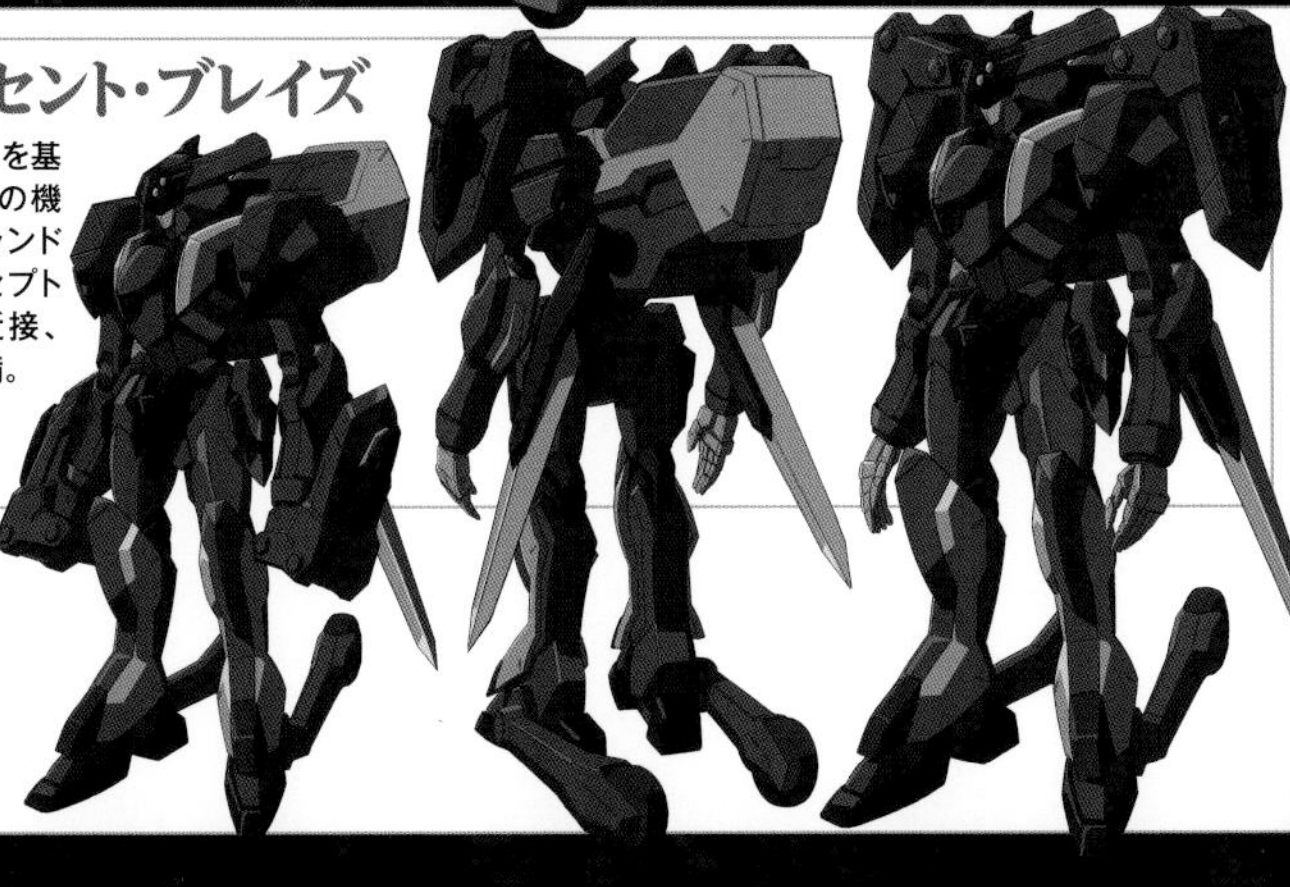

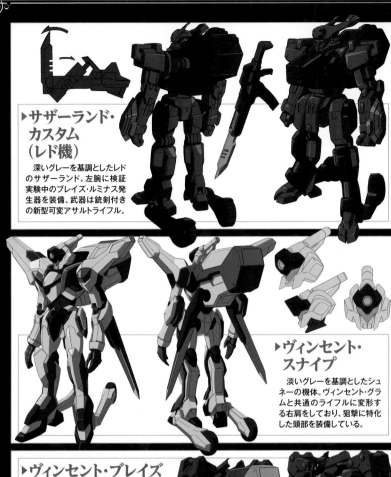

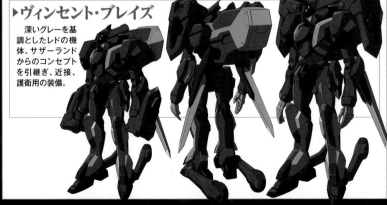

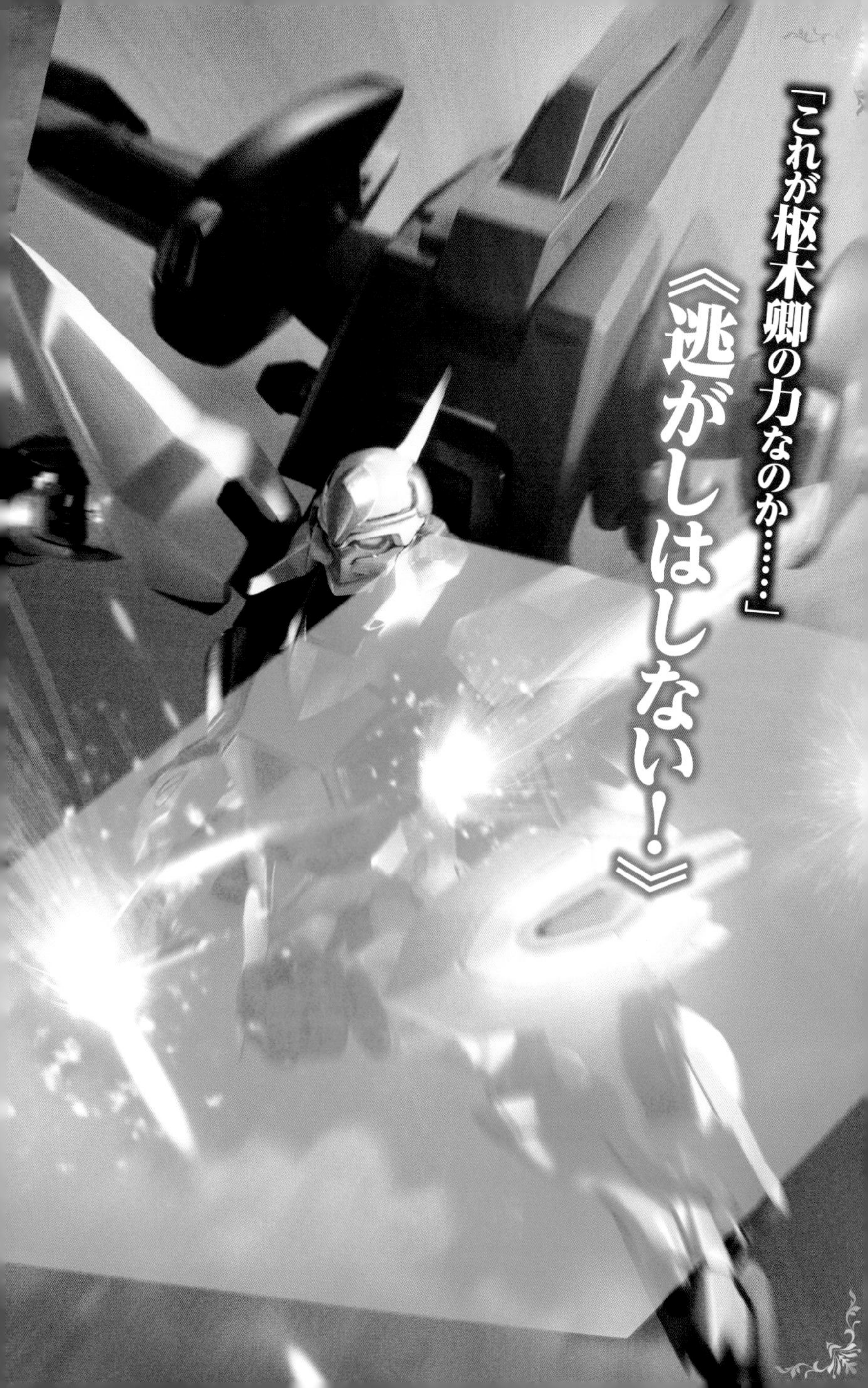
「これが枢木卿の力なのか……」
《逃がしはしない！》

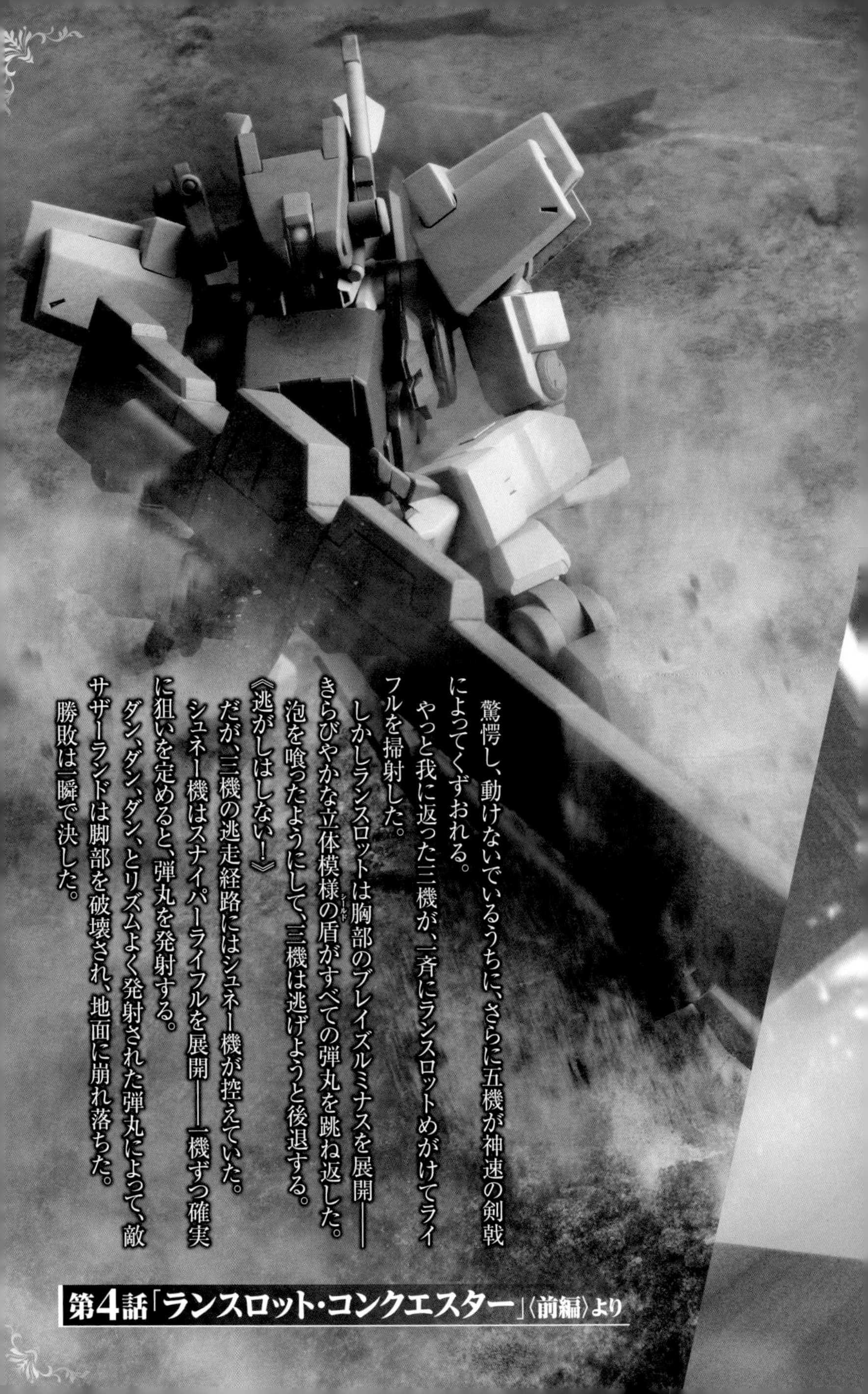

驚愕し、動けないでいるうちに、さらに五機が神速の剣戟によってくずおれる。

やっと我に返った三機が、一斉にランスロットめがけてライフルを掃射した。

しかしランスロットは胸部のブレイズルミナスを展開――きらびやかな立体模様の盾《シールド》がすべての弾丸を跳ね返した。

泡を喰ったようにして、三機は逃げようと後退する。

《逃がしはしない！》

だが、三機の逃走経路にはシュネー機が控えていた。

シュネー機はスナイパーライフルを展開――一機ずつ確実に狙いを定めると、弾丸を発射する。

ダン、ダン、ダン、とリズムよく発射された弾丸によって、敵サザーランドは脚部を破壊され、地面に崩れ落ちた。

勝敗は一瞬で決した。

第4話「ランスロット・コンクエスター」〈前編〉より

《シュネー！　おまえは死ぬな！》

シュネーもまた、フレイヤが発射されたことに、すぐに気づいた。

枢木卿、なぜ……!?

「フレイヤだ！　引けえええええ!!」

部隊全体へと、シュネーは通信を飛ばし、あらん限りの声で叫んだ。

また、自分自身も全力で後退した。

だが、数本のスラッシュハーケンが、ヴィンセント・スナイプの足を拘束する。

「!?」

黒の騎士団の暁が数体がかりでシュネーを捕まえていた。

彼らはフレイヤのことを知らない。きっと逃げようとして隙ができたシュネーを捕まえようとしただけなのだろう。

だがその安易な戦法が、シュネーを致命的な状況に陥らせた。

しかし、

「私にかまうな！　引け!!」

シュネーは叫ぶ。

――戦場で死ぬのは恥ではない。私はコノエナイツとして、立派に逝ければ、それで……。

《シュネー!!》

突然、拘束が解かれた。

スラッシュハーケンがすべて切り離され、動けるようになっていた。

直後、衝撃が走る。

一機のナイトメアフレームが、シュネーのヴィンセント・スナイプに体当たりをしてきたのだ。

そのナイトメアフレームは、ヴィンセント・ブレイズ――。

「!?　レド!!」

《シュネー！　おまえは死ぬな！》

直後、閃光が、トウキョウ租界を飲み込んだ。

第6話「喪失」〈後編〉より

ヘクセン家の屋敷から少し離れた、小高い丘の上――。

大きな松の木のそばに、控えめな石の墓標があった。

刻まれた名は、レド・オフェン。

そこに彼が眠っているわけではない。ただ〔記憶〕を埋めただけの、象徴としての墓だ。

故人のためというよりは、今、生きている人間のために立てられた墓……。

シュネーは墓標の横に並ぶように腰を下ろし、丘の下に広がる自然を見下ろしていた。

まるで、レドと二人で並んで座り、大自然を眺めているかのように。

エピローグより

CODE GEASS
Lelouch of the Rebellion
Lancelot & Guren
Side:SUZAKU

コードギアス 反逆のルルーシュ外伝
白の騎士 紅の夜叉
[Side:スザク]

C O N T E N T S

▶Side:スザク

第1話「枢木スザク」

Side:SUZAKU

式典会場の中央には、壇上の玉座に向かって赤いカーペットが敷かれていた。

その上を歩く、正装をまとった少年。

枢木スザク――。

玉座に最も近い位置にはブリタニア皇族と貴族、そして皇帝直属の騎士ナイトオブラウンズが立っていた。

彼らの背後に控えているのは、おびただしい数の騎士たち――ナイトメアフレームを操る軍人たちだ。

さらに、スザクがまっすぐ見据える先――壇上の玉座には、皇帝シャルル・ジ・ブリタニアが座っている。あらゆる存在を見下すような、傲然な笑みを浮かべながら。

この場に集まるすべての人間が枢木スザクのために集められていた。

「ナンバーズごときが、ナイトオブセブンに選ばれただと？」

シュネー・ヘクセンは、中性的で整った顔立ちを小さく歪め、吐き捨てるように言った。

「口を慎め、シュネー。誰かに聞こえたら事だぞ」

隣にいたレド・オフェンが小さくたしなめた。

ここに貴族や騎士たちを集めたのが皇帝である以上、シュネーの言葉は不敬罪に問われてもおかしくない。特にシュネーはレドと同じで、まだ十代半ばだ。若くしてナイトメアに搭乗するシュネーを妬む者も多い。この機会に足を引っ張ろうとする人間が出てきてもおかしくなかった。

「問題ないさ。ほとんどみんな、私と同じことを考えているんだから」

だがシュネーは悪びれない。口元に小さく笑みすら浮かべていた。

そんなシュネーを、レドは無感動な顔で見返した。言い返しはしない。実際、シュネーの言うとおりだとレドも思っていたからだ。

枢木スザクは、かつて日本と呼ばれたブリタニアの属領、エリア11の出身者――通称イレヴンである。そのような身分卑しき存在が、なぜこのような晴れがましい舞台に立っているのか。

この会場にいるほとんどすべての人間が、そう疑問に思っているに違いなかった。

会場の人々に見つめられながら、スザクが壇上に上がり、ひざまずいた。

皇帝が告げる。

「枢木スザク。貴様をナイトオブセブンに任命する」

「イエス、ユアマジェスティ」

スザクは立ち上がり、会場を振り返る。

本来ならここで、大きな拍手があるはずだった。実際、控えめな拍手がまばらに聞かれた。

それらの音は金属質な擦過音にかき消された。

壇上でスザクが、腰に差していた剣を抜いたのだ。

「この枢木スザク、ナイトオブセブンの称号を拝命するとともに、シャルル皇帝陛下と神聖ブリタニア帝国に忠誠を誓い、この剣を振るう。これに異を唱える者あらば、ここで決闘を申し出よ」

スザクは会場の人々へ向かって剣先を向けた。

しん、と会場が静まり返る。

誰もが困惑している様子だった。

ただ一人――皇帝シャルルを除いて。

「面白い！」

野太い声が、会場の空気を震わせた。

「決闘を認める。枢木スザクを破った者にはナイトオブセブンの地位を渡し、それにふさわしい任務を与えよう」

「父上にも困ったものだ」

そうこぼしたのは、第2皇子シュナイゼル・エル・ブリタニアだった。その周囲を固めていたナイトオブラウンズの面々も「やれやれ」といった様子で肩をすくめている。皇帝に近い場所に長くいる彼らは、皇帝の気性をよく理解していたのだ。

ざわざわと会場に混乱が広がっていく。

意見はさまざまだった。

「皇帝の御前で不遜である！」

と憤る者もいれば、

「へえ、面白いじゃないか」

と、皇帝と同じように喜ぶ者もいた。

シュネーとレドは静観することを選んだ。

そして、これを好機ととらえた騎士たちが、我先にと玉座のそばに集結した。ざっと見ただけでも三十人は下らない。

「父上。会場を移しましょう」

シュナイゼルの控えめだがよく通る声によって、会場は、御前試合用の円形闘技場《コロシアム》へと移ることになった。


コロシアムの中央には、戦闘用の舞台が設置され、その周囲をぐるりと観覧席が取り囲んでいた。観覧席と舞台の間には、流れ弾を防ぐための防弾シールドも完備されている。

舞台に近いほうの席に一般の騎士が座り、外側の一段高い席に、貴族たちが座る。

そして最も高い席には皇帝シャルルと皇族、それからナイトオブラウンズが座った。

舞台の一方の端には、白いナイトメアフレームがそびえ立っている。ランスロット・エアキャヴァルリー――最初の第七世代ナイトメアフレームにして、異端の機体。高い性能を重視した結果、ほとんど人間には操縦不可能な機体となってしまっていた。現状、唯一操縦可能な者が、新ナイトオブセブンである枢木スザクだった。

すでにスザクは搭乗し、コックピットで機体の準備を進めている。

舞台の下には、紫のボディのナイトメアフレームが多数、並んでいた。サザーランドである。第五世代ナイトメアフレームの量産機で、ブリタニア軍の主力機だ。量産機とはいうものの性能は極めて高い。スザクに挑戦する騎士たちは、これに乗る。

一機目のサザーランドが、舞台に上がる。手《マニピュレーター》には、対ナイトメア用の巨大な槍《ランス》が握られていた。

「あれはボーモント伯爵の機体じゃないか？」

レドが声を上げた。槍《ランス》の独特な意匠に見覚えがあったのだ。

「ボーモント伯爵が相手では、試合はもう終わったようなものだな」

隣にいたシュネーが言った。

ボーモント伯爵は高名な騎士だ。ブリタニア軍人として数々の戦闘に参加してきた歴戦の猛者で、先のブラックリベリオンにも参戦し、武功を上げている。

「ボーモント伯爵！　ブリタニア軍人の強さをイレヴンに教えてやってくださ い！」

「枢木スザク！　覚悟せよ！」

数々の声援が、観覧席から飛ばされる。

《武器は一つ。先に有効打を与えた者が勝利という形にしましょう》

スピーカーからシュナイゼルの声が響く。

《では第一試合——》

ランスロットが背中に腕を回し、剣を一本、抜く。

ＭＶＳ——メーザーバイブレーションソード。巨大な高周波ブレードだ。

《はじめ！》

シュナイゼルの合図とともに、サザーランドがランスロットめがけて飛び出した。

脚部のランドスピナーを全力で駆動し、急加速。槍《ランス》をその勢いに乗せて突き出す。

ランスロットは身を右にそらすことで、槍《ランス》による突きをかわした。見事な身のこなしだった。

しかし――

《もらったあああああ!!》

サザーランドのスピーカーから、ボーモント伯爵の叫び声が響く。

サザーランドは大きく槍《ランス》を引き、ほとんどゼロ距離から突きを繰り出した。隙の一切ない、正確な突きだった。最初からランスロットが攻撃をかわすことを見越し、準備していた動作だったのだろう。

ランスロットにとっては不意打ちのはずだった。

だが、ランスロットは剣《ソード》を巧みに操り、その一撃を難なくいなした。

サザーランドが勢い余って、わずかにバランスを崩す。

そこにすかさず、ランスロットは蹴りを入れた。

後方に吹っ飛ぶサザーランド。

その眼前には、いつの間にかランスロットの剣《ソード》の先が突きつけられている。

《勝者、枢木スザク！》

シュナイゼルの声が、試合の終わりを告げる。

会場がざわめいた。

「そんな……ボーモント伯爵が一瞬で……」

「いったいどういうことなんだ？　どうしてイレヴンごときが、伯爵に……？」

騎士たちが口々に困惑の言葉を口にしていたのだが――

「まあ当然の結果か」

ナイトオブスリー――ジノ・ヴァインベルグは肩をすくめ、

「皇帝が見込んだ方ですからね」

ナイトオブトゥエルブ――モニカ・クルシェフスキーは深くうなずいた。

他のナイトオブラウンズの面々も、特に驚いている様子はない。彼らにしてみれば、ボーモント伯爵程度の相手に後れを取るほうがおかしいのである。

《シュナイゼル殿下》

ランスロットのスピーカーからスザクの声がした。

《一対一では相手になりません。そこにいる全員、まとめてかかってきてもらいたいのですが》

スザクの言葉に、会場が沸騰する。

「無礼であるぞ！」

「われわれは騎士だ！　そのような卑怯な真似ができるか‼」

ブリタニアの騎士は誇り高い。いくら相手が強いからといって、一人を袋叩きにするような真似をすることはプライドが許さない。

《静まれえええええええええい‼》

シャルル皇帝の怒声に、会場が静まり返った。

《ブリタニアは強き者が正義！　勝利こそが至高！　手段を問う必要はない！》

「陛下がそうおっしゃるのなら……」

大義名分を得た騎士たちはサザーランドを操作し、舞台へと上がった。

三十機余りのサザーランドが、ランスロットを包囲する形に陣形を組んだ。

「愚かなことを。一機ずつ仕留めていけばよかったものを」

シュネーが言った。

「いくらランスロットでも、あの数に勝つのは無理だろうな」
レドも言った。
機体性能は圧倒的にランスロットのほうが上とはいえ、それにしても限度がある。
《第二試合、はじめ！》
シュナイゼルの合図とともに、一斉にサザーランドがランスロットめがけて進撃する。
幾本もの槍《ランス》がランスロットに向けて突き出される。
会場にいた多くの者が、四方から串刺しにされたランスロットを幻視した。
しかし、槍《ランス》は空を突いただけだった。
《いない⁉》
《どこだ、どこにいった⁉》
サザーランドのパイロットたちが困惑の声を上げる。
「上だ！」
会場の誰かが叫んだ。

一斉に、サザーランドが頭を上げる。

日光を背にして、ランスロットが宙を舞っていた。

ナイトメアフレームとしてはおよそあり得ない動きだった。

ランスロットはサザーランドの円陣の背後に着地すると、振り向きざまに剣《ソード》を一閃する。

この一撃で、五機のサザーランドが腹部から真っ二つに切り裂かれ、舞台上に沈んだ。

そのままランスロットは地面を蹴り、サザーランドの群れの中へと一足に飛び込む。

飛び込みながら、剣《ソード》を横なぎする。

また数機、サザーランドが撃沈した。

一機、また一機と、サザーランドはランスロットの刃にかかって倒れていった。

「いったい何がどうなっているんだ……」

「あいつはバケモノなのか……？」

観覧している騎士たちはほとんど恐慌状態に陥っていた。

しかし、そんな騎士たちの中で、一言も声をあげない人間が二人だけいた。

シュネーとレドだった。

シュネーは、ぼーっと熱に浮かされたような顔でランスロットのことを見つめている。

レドはほとんど無表情だが、一瞬でも見逃すまいとランスロットを凝視している。

皆の見守る中で、ついにサザーランドが最後の一機になった。

《くるな、くるなあああああ‼》

そのサザーランドはアサルトライフルを手にしていた。

サザーランドは後退しながら、アサルトライフルを掃射する。正々堂々とは言い難い戦い方だったが、この能力差では誰も責められないだろう。

しかし、ランスロットは掃射された銃弾をすべてかわしていた。

それだけではない。ランスロットは、後退するサザーランドに向かっていくように……動いていた。

右へ、左へと跳躍を繰り返すことで攻撃をかわしつつ、一歩一歩、着実にサザーランドとの距離を詰めていく。

サザーランドはランドスピナーを全力で回転させて動いている。近づくだけでも至難のはずだ。それを、攻撃をかわしながら為し得るとは、人間業ではない。

ランスロットがサザーランドの眼前に肉薄するのに、ほとんど時間はかからなかった。

剣《ソード》が振り下ろされる。

手《マニピュレーター》とともに、アサルトライフルが地面に落ちた。

これですべてのサザーランドが、舞台上で残骸となり果てた。

《もう異を唱える者はいないか？》

ランスロットのスピーカーから、スザクの声が会場に響き渡る。

誰も声を上げる者はなかった。

もはや誰の目にも明らかだった。

枢木スザクは、ナイトオブラウンズに任命されるにふさわしい実力を備えているということが。

《勝者、枢木スザク！》

シュナイゼルが戦いの終わりを告げる。

静かにコックピットが開き、スザクが外に姿を現した。

《見事！》

スピーカーからシャルル皇帝の声が響き渡る。

《ナイトオブセブン、枢木スザクよ！　儂の勅使としてユーロ・ブリタニアの査察を命じる！》

「イエス、ユアマジェスティ」

スザクはランスロットの上で敬礼する。

だがその瞳には、ある決意が満ちていた。

▶Side:スザク

第２話「白い悪魔」

Side:SUZAKU

「枢木スザク、参りました」

　執務室に入るなり、スザクは敬礼した。

「帰国早々呼びつけて悪いね、枢木卿。楽にしてくれて構わないよ」

　部屋の主――シュナイゼル・エル・ブリタニアはデスクの椅子に座ったまま、上品に微笑んだ。

「今日は二つ、話がある。一つ目は彼らだ」

　シュナイゼルのデスクの前には、二人の少年が控えていた。

　二人ともスザクよりも少し年下――十代半ばくらいに見えた。

「シュネー・ヘクセンとレド・オフェン。彼らを君の直属の騎士として使ってほしい。ペテルブルクでの任務完遂の褒美だと考えてくれればいい」

　取ってつけたような理由をにこやかに話すシュナイゼル。その真意が、スザクにはすぐに読み取れた。

先のペテルブルクへの遠征はシャルル皇帝の勅命であり、宰相であるシュナイゼルさえスザクの任務内容を知ることはできなかった。だから、シュナイゼルはスザクに鈴をつけようというのだろう。

シュナイゼルはその真意を隠そうともしない。

底が見えない人だ、とスザクは心の中で警戒する。

そして、スザクに拒否権はないのだ。

「シュネー・ヘクセンです」

「レド・オフェンです」

シュネーとレドの二人が同時に敬礼する。

シュネーは中性的な外見をしていた。まだあどけなさの残る顔は美しく整っている。見るからに育ちの良さそうな雰囲気だった。

対するレドは、あまり飾り気がない。口調も少々ぶっきらぼうで、無骨な印象を受けた。

「二人とも若いが実力は確かだ。君の親衛隊だ。名称は好きにつけるといい」

「イエス、ユアハイネス」

スザクは短く答える。

「では、二つ目の話に移ろう」

シュナイゼルもスザクが自分の真意を理解したとわかったようだ。すぐに本題に入った。

「君たち三人には、私と一緒に白ロシア《ベラルーシ》に飛んでもらう」

「ベラルーシ……」

シュナイゼルの意図を汲み取れなかったのか、シュネーが言葉を漏らす。

スザクはシュネーの思考を促すように言葉を補う。

「先のユーロピア戦線で、ユーロピアのジィーン・スマイラス将軍が戦死した」

スザク自身も軍師ジュリアス・キングスレイの護衛としてユーロピアを訪れたのだが、戦線は「混沌」という言葉が最も適した状況となっていた。

スザクも相対した一人の騎士によって、ユーロ・ブリタニアは混沌へと突き進んだ。対するユーロピアのジィーン・スマイラスもそれに乗りかかるように戦禍を広げ、自らも命を落としたのだった。

「ブリタニアとの徹底抗戦へと舵を切ったスマイラス将軍が戦死したことで、ユーロピア共和国連合は内部分裂を起こしたってことですかね。もともとあそこは日和見主義だから」

レドが言った。彼のほうは勘がいいらしい。

「話が早くて助かるよ」

シュナイゼルはうなずく。

「現状、スマイラス将軍の遺志を継いでブリタニアへの徹底抗戦を続けるべきだという勢力と、早急に和平交渉を行うべきだという勢力に分かれている。前者を叩ければ、交渉はスムーズに進むだろう。そこで白ロシア《ベラルーシ》だ。カノン?」

「はい」

シュナイゼルのそばに控えていた参謀のカノン・マルディーニが、卓上の端末を操作する。

シュナイゼルの背面の壁にデジタルの地図が表示された。

「白ロシア《ベラルーシ》に展開するE.U.第6軍集団は、全てのリソースを国境付近の草原に集中させている」

シュナイゼルは地図を示しながら言う。

「ここを撃破すれば白ロシア《ベラルーシ》の占領は決まったようなものだ。しかし、さすがは徹底抗戦を唱えるだけあって、玉砕覚悟の彼らは手ごわい。縦深陣を組んで、ひたすら粘っている。こちらも決め手を欠いていてね。そこでナイトオブラウンズを投入することになった。もちろん枢木卿、君もね」

「イエス、ユアハイネス」

シュナイゼルへの礼を終えると、スザクはシュネーとレドのほうを向き、告げる。

「・・・・・コノエナイツの初陣だ。心して臨め」

「コノエナイツ?」

シュネーが疑問の声を上げる。

「君たちのことだよ」

少し照れくさそうに、スザクは言う。

シュネーとレドが初めて見る、枢木スザクの笑顔だった。

先ほどまでとのギャップに驚き、二人は返礼するのを忘れてしまった。

❖

❖

❖

「枢木スザクのこと、どう思う？」

白ロシア《ベラルーシ》戦線、出撃間際――。

ナイトメアフレームの格納庫へ向かう廊下で、シュネーがレドに言ってくる。

「あんなやつの部下になって、私たちは大丈夫なのか？　あいつはイレヴンだぞ？」

「たしかに彼はイレヴンだが、実力は本物だ。おまえだって見ただろう、就任式での決闘を」

レドはよどみなく答えるが、シュネーの表情は複雑だ。

「誰かに何か言われたのか？」

レドが訊くと、シュネーは拗ねたように口を尖らせた。

「誰か、なんてものじゃない。親も、親戚も、みんな口を揃えて、『ナンバーズの部下になるなんて一族の恥だ』みたいな言い草だ」

貴族は体面を気にする。枢木スザクはたしかにナイトオブラウンズという帝国随一の地位にいるが、ナンバーズであるという汚点は消えない。

ブリタニア貴族の出身で、彼らに囲まれて暮らしているシュネーは肩身の狭い思いをしているのかもしれない。

とはいえ――

「そんなことを言えば、オレだって平民出身だ」

レドは肩をすくめる。

「君はブリタニア人だろう」

シュネーが憤然と言い返してくるので、レドは皮肉げに片方の唇を吊り上げて笑った。

「だが周りの連中はいつも噂している。あいつ、どうやって出世したんだ？　平民のくせにってな」

「いや、まあ、そういうやつもいるかもしれないが……」

シュネーは気まずそうに目を泳がせる。シュネーもレドに対する悪口を聞いたことがあるのだろう。

「オレはそういうやつらには言わせておけばいいと思っている」

レドが言うと、シュネーは、はっとしたように視線を合わせてくる。

「陰口を叩く連中は皆、実力のないやつらだ。だからおまえも気にしないほうがいい」

「違う、こんな話がしたかったんじゃない！　私は君のことは……」

「わかってるよ」

レドは口をパクパクさせるシュネーにそう言い残し、サザーランドへと乗り込む。

顔には苦笑い。

シュネーが家柄など関係なく自分を認めてくれていることを、レドは知っている。

「ブリタニアの実力主義と貴族主義――本来は食い合わせが悪いはずなのに、どうして共存しているんだろうな」

コックピットで出撃の準備を進めながら、レドは思わずつぶやいていた。

同時に、考えていることがあった。

たしかにこの国は実力主義だ。

しかし、枢木スザクは本当に実力だけでナイトオブラウンズになったのだろう

か・
？
彼の実力は、この国の貴族主義を打破できたのか。
それほどの価値が、彼の力にあるのか。
レドは見極めようと思っていた。

❖　❖　❖

森林の狭間を進む、無数の紫のナイトメアフレームたち。

ブリタニア軍主力部隊である。

先頭の機体だけが純白のボディであった。

ランスロット・エアキャヴァルリー――枢木スザクの乗る機体だ。

ユーロピア軍は、森林を抜けた先の国境沿いの草原に陣を張っている。

ブリタニア軍は、そこを中央から突破する作戦を立てた。

ユーロピア軍の戦法は、複数の横陣を張ったうえで、近づいてくるブリタニア軍を遠方から集中砲火するというものだ。森林地帯はナイトメアフレームの通れる道が細く限られているため、草原へと大量の機体を一度に展開することはできない。出鼻で詰まっているところを、ユーロピア軍は遠方射撃で撃破してしまう。

仮に接近し、陣を突破できた機体があったとしても、その先には別の横陣がある。すかさずパンツァー・フンメル部隊が四方から取り囲み、個別に撃破してしまう。

そこで、ブリタニア軍最高の機動力を誇るランスロット・エアキャヴァルリーが、コノエナイツおよびサザーランド部隊の精鋭を率いて突っ込み、複数の横陣を突き抜けるようにして撃破していくという作戦が立てられた。ランスロットならパンツァー・フンメルに囲まれたところで破壊されることはなく、敵陣の奥深くまで入り込み、内部から破壊していくことが可能だ、というわけだ。

そして敵部隊が混迷したところで背後に控える主力がなだれ込み、一気に決戦へともちこむ。

《まもなく森林地帯を抜けます》

スザクがシュナイゼルへと無線を発信する。

《了解、枢木卿。君のタイミングで出て構わないよ》

《イエス、ユアハイネス》

直後、薄暗かった視界が開ける。

草原——。

そしてその先に見える、ずんぐりとした機体の群れ——。

ユーロピア軍の主力機、パンツァー・フンメル。

ランスロットが急加速し、草原を滑走する。

パンツァー・フンメル部隊が次々にキャノン砲を発射する。

しかし、攻撃はことごとく外れた。

一瞬にして距離を詰めたランスロットは、可変弾薬反発衝撃砲——ヴァリスを抜き、掃射する。

一気に十数機のパンツァー・フンメルが爆散した。

陣に空いた穴へ、ランスロットが突入する。

後からサザーランド部隊が続いた。

シュネーはサザーランド一分隊を率いて、少し遅れて敵陣へと突入した。

「私たちの敵じゃないな」

シュネーは攻撃を繰り出しながら鼻を鳴らす。

《油断するな、シュネー》

レドから通信が入る。たしなめるような口調だった。

「これは油断じゃない。余裕だ」

シュネーは優雅に応える。

実際、彼の操るサザーランドは、ライフルを掃射して、着実に敵機を撃破していた。

「そっちこそ、私の足手まといになるなよ」

《——誰に口きいてる》

レドの操縦もまた、洗練されていた。パンツァー・フンメルたちはレド機に攻撃を放つことさえ許されなかった。

二人とも、伊達に若年でナイトメアのパイロットに選ばれてはいないのだ。

《気をつけろ、シュネー、レド。何かおかしい》

先行するスザクがコノエナイツの二人に通信を送ってくる。

《いくら何でも簡単すぎる》

そのときだった。

《伏兵です!!》

別のパイロットから通信が入る。

直後シュネーは、視界の端で、大量のパンツァー・フンメルがなだれ込んでくるのをとらえた。

——縦深陣を強行突破し続けたブリタニア軍は、必然的に隊列が縦に伸びていた。

その横腹を、別動していたパンツァー・フンメル部隊が突いた。結果、ブリタニア軍の隊列に穴が空いた。

気づいたときには、シュネーの分隊は孤立し、パンツァー・フンメル部隊に包囲されていた。

❖　❖　❖

E.U.第6軍母艦――陸上戦艦リヴァイアサン。
そのブリッジで、司令官が獰猛な笑みを浮かべていた。

ロメロ・バルクライ将軍である。

〈氷雪の荒鷲〉の異名を持つ彼は、もちろん優れた司令官であった。だが同時に、ジィーン・スマイラス将軍亡き後の強硬派の、精神的支柱とも言える存在だった。

「この戦、簡単には勝たせぬぞ、ブリタニアめ」

バルクライ将軍のつぶやきは、獣の唸りのようだった。

「ナイトオブラウンズが参戦している？　ちょうどいい。皇帝直属の最強の騎士と謳われるナイトオブラウンズをこの手で血祭りにあげてくれる。たとえ負け戦になろうとも・・・・・・・・な」

彼がいる限り、E.U.第6軍は最後の一兵まで戦い抜くだろう。

彼を倒さぬ限り、戦いは終わらない。

❖　❖　❖

一方的な殺戮とはこういうことを言うのかもしれない。

シュネーは思った。

敵は、サザーランド一機に対しパンツァー・フンメルを四機ぶつけてきた。

おまけに外周は完全に包囲され、逃げようとすればキャノン砲の餌食になる。

しかし戦うとしても四対一。いくら機体性能の劣るパンツァー・フンメルが相手とはいえ、これでは攻撃する前に倒されてしまう。

事実、シュネーの分隊はほんの数分で壊滅状態に陥った。僚機の数が減れば、相手をするパンツァー・フンメルは相対的に増えていく。

「どうする……どうしたらいい……」

シュネーの口から焦燥の言葉が漏れる。

彼はギリギリのところで踏みとどまっていた。持ち前の操縦技術を駆使して、パンツァー・フンメルから距離を取り続けていた。

しかしそれも時間の問題だ。

逃げ回っているだけでは状況は変わらない。それどころかシュネーたちを取り囲むパンツァー・フンメルは数を増していく。

《シュネー！　状況は⁉》

レドから通信が入る。

《悪いがオレもギリギリだ。何とか持ちこたえてくれ》

「良くないいな」

どうやらレドのほうも手一杯らしい。

――そうか、自分はここで終わるのか。

追い詰められながら、シュネーは妙に冷静だった。

父はシュネーによくこう言い聞かせていた。

・・・・・・・・・・・・・

最も高貴な血が最初に流れるべきである、と。

これこそが戦争国家――神聖ブリタニア帝国における貴族の誇り《ノブレス・オブリージュ》である、と。

ナイトオブブラウンズのコノエナイツとして戦う自分は、真っ先に危険な地に足を運んだ。

ここで死ぬのは恥ではない。

シュネーの目の前で、最後のサザーランドが没した。

ついにシュネー一機となった。

「スノウ。兄さんは立派に散ったよ。僕は……」

シュネーは最愛の妹へ、小さく別れの言葉を送った。

そのときだった。

白い機影が、シュネーの視界を通り過ぎた。

瞬間、シュネーの眼前で敵機が爆散する。

ランスロットだった。

両手に剣《ソード》を握り、それによってパンツァー・フンメル部隊をなぎ倒している。

《大丈夫か、シュネー!?》

《枢木卿!?　なぜ!?》

《負傷者を回収しつつ後方の本隊と合流!　ここは自分が何とかする!》

シュネーは従った。上官の命令に背くような男ではない。

シュネーのサザーランドは、ランスロットが空けた包囲網の綻びを抜け、安全な地帯へと退避した。

しかし包囲網を抜けたあと、ランスロットはついてこなかった。

見ると、無数のパンツァー・フンメルがランスロットへと砲撃している。

ランスロットは盾《ブレイズ・ルミナス》によってかろうじて攻撃を防いでいるようだが、いくらランスロットでもあれだけ守りの態勢に入ってしまったら戦えない。

「枢木卿！」

シュネーは叫んでいた。

どうして彼は自分を助けたのか。自分は貴族なのに。そして彼はイレヴンなのに。

自分の無力さをかみしめる。

本来ならば、死ななければならないのは貴族である自分のはずだ――。

そしてシュネーは見た。

ランスロットが悪魔と化す瞬間を。


枢木スザクの頭の中で一つの言葉がこだまする。

『生きろ』

その声の主はゼロ――ルルーシュ。

ギアスの呪いが彼を悪魔に変える。

パンツァー・フンメル部隊が爆散した。

シュネーは目を疑う。

見えなかった・・・・・・・・。

いったい何が起きたのか、認識できなかった。それほどの速さだった。

とにかくランスロットがパンツァー・フンメル部隊を壊滅させたらしいということはわかったが、それ以上のことはわからずじまいだった。

しかし、どうやったんだ？

いくら第七世代とされるランスロットだとしても、ナイトメアフレームであることには変わりない。その大きさは5ｍにもなる。

そんな巨大な物体が、人間の目で認識できないほどの速さで動けるわけがない・・・。

これはランスロットの性能の問題ではない。

枢木スザクというパイロットの操縦技術のせいで、シュネーたちは「目で追えない」と錯覚しているのだ。

敵機の性能、敵パイロットの思考を正確に読み取り、視線誘導や巧みな体さばきで予想を裏切って攻撃を避け、適確に反撃する……。

そう考えるしか、あの状況から敵を倒せた理由を説明できない。
気づいたらランスロットはすでに敵陣深くに潜り込んでいる。
《ひっ――》
敵軍のパイロットが十分に悲鳴を上げる暇も与えず、ランスロットは剣《ソード》で敵をなぎ倒していく。
《あ、悪魔――うわあああああ‼》
たった一機のナイトメアフレームによって、ユーロピア軍は優勢を覆された。

❖　❖　❖

「いったいどういうことなんだ」

司令部の椅子に座るシュナイゼルは、戦況の急変を見つめながら独りごちた。

シュネーを救いにいった時点で、シュナイゼルはスザクのことは諦めていた。

ところがその当のスザクが、劣勢を単騎で逆転させた。

不可解だった。人間業ではない。

だがシュナイゼルはこの事態を好機と見た。

一気に戦いを終わらせるべく、待機させていたナイトオブラウンズの投入を決意する。

《ヴァインベルグ卿、アールストレイム卿、ブラッドリー卿、出撃》

「「「イエス、ユアハイネス」」」

超電導モーターによる高速移動に特化するようにカスタマイズされた、ジノのグロースター。

重装甲、強化力を目指し開発が進む、アーニャのゼットランド・シルト。

そして多くのブレイズ・ルミナス転用武装が装備された、ルキアーノのグロースター。

三機は一斉に出撃した。

《じゃあ、さっそく行きますか！　アーニャ、よろしく頼む！》

《ん》

ジノの言葉に応えるようにして、ゼットランド・シルトが前線に滑り込む。

パンツァー・フンメルたちはゼットランド・シルトに向かって、一斉にキャノン砲を発射する。

《無駄》

パンツァー・フンメルの攻撃は、ゼットランド・シルトの装甲を覆った幾何学模様のバリアー――ブレイズ・ルミナスによってすべて無効化された。

その間に、ゼットランド・シルトの前部に4連ハドロン砲《シュタルクハドロン》が展開、発射される。

極太の赤い光線に呑まれ、パンツァー・フンメル部隊が消し飛んだ。

空いた空間をジノとルキアーノのグロースター、そしてサザーランド部隊が滑走していく。

が……。

《おいブラッドリー卿、先行しすぎじゃないか?》

ルキアーノのグロースターが単独で先行したので、ジノは通信を送る。

《さすがヴァインベルグ家の御曹司は手堅いことで。ただ、ここは好きにさせてもらう》

しかし、ルキアーノは言い捨てると、どんどん敵陣深くへと突き進んでいった。

進路から考えて、まっすぐ陸上戦艦リヴァイアサンへ向かっているようだった。

つまり敵の司令官――〈氷雪の荒鷲〉バルクライ将軍を討つつもりなのだ。
邪魔をする者は味方であっても容赦はしないといった雰囲気だった。
ジノはコックピット内で肩をすくめる。
《まあ敵の頭を討つのは戦いの基本だけどね》
《……野蛮》
アーニャがボソリと言いながら、敵軍に向けて再びハドロン砲を放つ。

❖　❖　❖

ルキアーノは昂《たかぶ》っていた。

命を奪うこと――それは高尚な娯楽だ。

そしてそれは困難であればあるほど良い。

攻撃性能を極端なまでに特化させたルキアーノの機体――グロースターは、敵をなぎ倒しながら奥へ奥へと進んでいく。

しかし、ルキアーノの昂ぶりは静めざるを得なかった。

「なんだ？　この有様は……」

ルキアーノの口から素直な言葉が漏れる。ルキアーノの向かう先――つまりは敵艦へと向かう道程には鉄塊が列を成していた。

おそらくは、パンツァー・フンメルの残骸。

「まさか、枢木が……？」

ルキアーノはさらにランドスピナーのスピードを上げた。

視界の先に、陸上戦艦リヴァイアサンをとらえる。

同時に、鬼神のような戦いぶりで、複数機のパンツァー・フンメルを破壊するランスロットが目に入った。

「枢木、貴様は後方へ下がれ。後は私がやる！」

ルキアーノの通信にスザクは答えない。

「チッ、まあいい。〈氷雪の荒鷲〉の首は私がもらう」

獲物を視界にとらえたルキアーノの顔が、狂喜に染まる。

《おまえの大事なものは何だ？》

ルキアーノは艦内ブリッジに控える司令官――バルクライ将軍へと、問う。

グロースターの持つ特殊な形状の槍《ランス》の先で、四本の爪が合わさり高速回転——ルミナスコーンが形成される。

ドリルをリヴァイアサンに向け、ルキアーノは叫ぶ。

《そうだ‼　命——》

しかしルキアーノは最後まで言葉を継げなかった。

目の前を白い影が覆った。

ランスロットだった。

ランスロットはルキアーノのことなど毛ほども気にせず、彼の目の前で剣《ソード》をリヴァイアサンに振り下ろした。

リヴァイアサンは炎を上げて爆発した。


司令官を失ったことで、ユーロピア軍が投降を始める。

戦いが終わったのだった。

しかし、ルキアーノの顔は憤怒に染まっていた。

《枢木スザク……！　貴様っ！》

剣《ソード》を振り下ろした姿勢のまま固まっていたランスロットに、グロースターがにじり寄る。
しかしスザクは応えなかった。
コックピットで、いままさに目を覚ましたかのような顔で、ぼんやりと虚空を眺めていたのだ。
《枢木スザク！》
《……ブラッドリー卿？　リヴァイアサンが、堕ちている……？》
ルキアーノの通信で我に返ったスザクは、状況の把握に努める。
《ブラッドリー卿、あなたがリヴァイアサンを？》
スザクの見当はずれの問いを、ルキアーノは侮辱と受け取った。
《そうか。いいだろう。そういうことなら貴様の命を見せてもらう！》
再度ルミナスコーンを展開するグロースター。
思わずスザクは、ランスロットに剣を構えさせた。
《待った！　待った！》
対立する両者にすかさず別のグロースターが割って入った。

ジノだ。

《戦いは終わったろ、お二人さん》

《邪魔をするな！　コイツは私の獲物を奪ったんだぞ！》

《それは違うぞ、ブラッドリー卿。これは我らラウンズの勝利、我らブリタニアの勝利だ》

一瞬の沈黙の後、ルキアーノのグロースターがランスを下ろす。

《枢木卿。貴様のようなやつと二度と肩を並べて戦うことはないだろう》

困惑したままのスザクにそれだけ言い残すと、ルキアーノは帰投するために移動を開始した。

残されたスザクの頭を支配していたのは、疑問だった。

――どうして僕は生きている？

あのとき――シュネーを助けた直後、自分は死ぬはずだったのではないか。あれは絶対に生き残れない戦いだった。

どうして生き残れたのだろう？

そして――この記憶の欠落。

以前、式根島で経験した記憶の欠落……。

またあの呪いが発露したのだ。

次はない、と思った。

もうあの呪いを発露するわけにはいかない。

自分の理想を実現するためには、自分の実力、それからランスロット・エアキャヴァルリーの性能では限界なのかもしれない、と思い始めていた。

▶Side:スザク

第３話「理想」

Side:SUZAKU

《シュネー、レド、出撃命令だ》
シュネーとレドが枢木スザクからその通信を受け取ったのは、白ロシア《ベラルーシ》戦線が終結した二日後だった。
二人はシュナイゼルの隊のキャンプで、ブリタニア本国へ帰還するための準備を進めているところだった。
《ポーランド近郊に駐屯中の軍がナイトメア集団から襲撃を受けているらしい。シュナイゼル殿下の話だと、いまこちらの部隊で出られるのが自分たちだけみたいだ。至急、出撃準備をととのえてくれ》
粛々と事務的な情報だけ伝えてくるスザクからは、二日前のような鬼気迫った雰囲気は消えている。
「ユーロピア軍の連中か？　あれだけやられてまだ戦う気とは、頭が下がるな」
レドは言うが、シュネーは反応が遅れた。

考え事をしていたのだ。

「シュネー？」

「ん？　ああ、そうだな。行こうか」

シュネーの不自然な返答に、レドは眉をひそめた。

「――枢木卿に助けられたことがそんなに気に入らないのか？　命があっただけいいじゃないか」

レドの言葉に、シュネーはため息をつく。

レドにはすべてお見通しらしい。この友人は本当に鋭い。人をよく観察している。

「命よりも大切なものだってある」

だから正直に、シュネーは思っていることを口にした。

「たとえば名誉か？　オレには理解できないな。格好をつけて死ぬくらいだったら無様でも生き残ったほうがいい」

「理解されようなんて思っていない。これは私個人の問題なんだ」

シュネーはレドに背を向ける。

「わかってる。だが気持ちを切り替えろ。死ぬぞ」

背後から聞こえたレドの声は、いつもよりも厳しかった。

心配してくれている。

レドは平民出身で、シュネーとは違い、もっと泥臭いところから這い上がってきた人だ。

常に最高の環境に身を置いてきたシュネーとは、人間の根本からして別物。

シュネーの気持ちが理解できないのも無理はない。

だからこそ短く忠告するのだ。

このままでは死ぬぞ、と。

「祖国のために死ねるなら、本望だ」

ゆえにシュネーは、あくまで自分の意志を表明する。

背後でレドが肩をすくめたのがわかった。


三機のナイトメアフレームが、Vtolに吊り下げられて空を飛翔する。

ランスロット・エアキャヴァルリーと、二機のサザーランドだ。

《敵はユーロ・ブリタニアの残党と判明した》

スザクからの通信を聞いて、シュネーは心臓を握りつぶされたように感じた。

相手はブ・リ・タ・ニ・ア人だって言うのか……!?

私は、ブリタニア人に刃を向けるのか……!?

眼下の草原地帯は、すでに乱戦状態になっている。

《側面から攻撃し、敵部隊を攪乱する。自分が突破口を開く。二人は敵陣に空いた穴から突入し、自軍が撤退する隙を作れ》

《イエス、マイロード》

返事があったのはレドだけだった。

《シュネー？》

「イエス……マイロード」

答えながら、シュネーは思う。

気持ちを切り替えろ、と。

これは戦争だ。

祖国に仇為す者は、たとえ同胞であっても敵。

シュネーの目の前で、ランスロットが地面に降り立つ。

着地と同時に、ランスロットはランドスピナーを急回転させ、敵陣めがけて突っ込んだ。

二本の剣《ソード》を振りぬき、敵ナイトメア――ユーロ・ブリタニアらしい装飾が施されたサザーランド――を複数機、撃破する。

それに続く形でシュネーのサザーランドとレドのサザーランドが着地、突撃を開始する。

敵陣に入り込むと、シュネーは左方に、レドは右方にそれぞれ切り込んでいった。

突然の襲撃に、ユーロ・ブリタニア軍は指揮系統が乱れた。逆にブリタニア軍の士気は回復する。

シュネーは感情を殺し、ただ目の前の脅威を取り除くことだけに集中した。

考えるな。

彼らはブリタニア人ではない。

テロリスト――犯罪者なのだ。

犯罪者を断罪するのに、何を戸惑う必要がある?

しかし、次に入ってきた通信によって、シュネーは現実を突きつけられることになる。

《シュネー・ヘクセンだな？》

シュネー機が振り下ろした槍《ランス》を同じく槍《ランス》で受けた相手からの通信だった。

「――なぜ私の名を知っている」

《君は有名人だ。ヘクセン家の次期当主がナイトオブセブン直属の部下となったという話は、ユーロ・ブリタニアでも有名だ》

「私には敵と語り合う趣味などない。軍人らしく戦いで会話したらどうだ」

《ははは、悪い。それだけじゃない。私だ、ヘンリックだ。覚えてないか？》

「ヘンリック……ゲーラー」

――遠い記憶。

ヘンリックは、シュネーがまだ幼いころ、父に連れられて参加したユーロ・ブリタニアのパーティで知り合った男だ。

シュネーよりも三つ四つ年上の少年で、社交に大忙しの父の代わりに面倒を見てくれた人だった。

《覚えていてくれて嬉しいよ》

嬉しい、と言いながら、ヘンリック機は一筋も攻撃の手を緩めることはない。

対するシュネーの太刀筋からは、明らかに鋭さが消えていた。

シュネー自身の困惑が、攻撃の手を動揺させている。

「なぜです⁉　あなたはブリタニアの将来を憂えていた。それなのにどうして⁉」

ヘンリックは早熟な少年だった。

ユーロ・ブリタニア滞在中に貴族の矜持についてシュネーに語り、ブリタニアの将来に対して警鐘を鳴らしていた。

『われわれユーロ・ブリタニアの目的は、E.U.に奪われた祖国の土地の奪還だ』

ヘンリックは言った。

『だが、そのために武力によって敵を殲滅し、土地を荒廃させるのは間違っていると、われわれユーロ・ブリタニアの貴族は考えている。なぜなら、国家というものは民衆あってのものだからだ。われわれ貴族は、そのことを肝に銘じなければならない』

背伸びをした少年の、単なる戯言だったのかもしれない。

だがシュネーは確実に感化された。

民衆あっての国家――。

つまり自分たち貴族も、民衆あってのものなのだ。

「あれほど民衆を想っていたあなたが、なぜ犠牲を増やすような真似をするのです！」

シュネーはそう叫ばずにはいられなかった。

《想っているからこそだ。武力で戦禍を拡大する本国のやり方は間違っている》

「――!!」

シュネーは胸を槍で貫かれたかのように感じる。

神聖ブリタニア帝国本国の考え――すなわちシャルル皇帝の考えは、力こそが正義。

その思想にのっとり、戦いを繰り返し、領土を広げていく――。

だが、そのせいで犠牲になった民衆は、いったいどれほどか？

そして自分は今、戦禍を広げる側の、まさに最前線にいるのだ。

ナイトオブセブンの近衛騎士《コノエナイツ》なのだから。

「――投降してください」

死なせたくない、と思った。

ヘンリックのような高潔な人が、ブリタニアには必要なのだ。

「そうすればきっと名誉も挽回できる。また理想のために戦うことだってできるはずです」

《変わらないな、シュネー。君は善人だ。だが、君が思っているほど、この世界は綺麗ではない。理想なんてものは所詮、虚構《フィクション》にすぎず、現実にはなり得ないのだ》

複数の敵サザーランドがシュネーを取り囲むようにして一斉に展開した。

一気にシュネーだけを墜とすつもりのようだ。

嵌められた。

昔の知り合いであることを利用して、ヘンリックはシュネーをおびき出したのだ。

五対一。

並みのパイロットでは数秒も持たないような劣勢。

だがシュネーは巧みなナイトメアさばきで敵の攻撃を無効化し続ける。

《シュネー！　そんなやつらさっさと殺せ》

レドからの通信。

《機体性能はおまえのサザーランドのほうが上だろう！　何を遊んでる！》

「できない！　彼らはブリタニア人なんだぞ!?　どうして殺しあわなきゃいけない!?　ヘンリック！　投降してくれ！　頼むから！」

《問答無用！》

シュネー機の左肩を、ヘンリック機の槍《ランス》が貫く。

同時に右足を別のナイトメアフレームが突く。

「ぐっ」

衝撃に歯を食いしばるシュネー。

破壊されながらも、反対の手《マニピュレーター》で槍《ランス》を大きく旋回させる。

四機の敵ナイトメアが損傷し、戦闘不能に陥ったが、ヘンリック機だけは槍《ランス》を捨て、シュネー機の攻撃を回避した。

ヘンリック機の手《マニピュレーター》がライフルを抜く。

照準はまっすぐ、シュネー機のコックピットを貫いている。

避けられない。

シュネーは死を覚悟した。

《させるか！》

そのとき、白い残像が、ヘンリック機の前を横切った。

ランスロット・エアキャヴァルリーによる斬撃――。

ヘンリック機が爆散する。

断末魔も聞こえないほどの、一瞬の出来事。

《大丈夫か、シュネー⁉》

スザクによる通信。

目の前で友人を殺された衝撃で、シュネーは一拍、返事が遅れた。

「……はい。すみません、枢木卿」

《いや、君のおかげで別部隊を制圧できた》

スザクはねぎらいの言葉を向けてくれるが、シュネーは素直に喜ぶことなど当然できなかった。

❖　❖　❖

シュネー機の損傷が著しかったため、枢木スザクとコノエナイツの二人は、一度ペンドラゴンに戻ることとなった。

そのためスザクは、その放送を、ナイトオブラウンズの面々とともに、ペンドラゴンで見ることになった。

《私は、ゼロ。日本人よ、私は帰ってきた！》

発信源はエリア11、中華連邦総領事館――。

《刮目せよ！　力を持つすべての者たちよ！》

「おやおや、いきなりやってくれるねえ、イレヴンの王様は。なあ、スザク？」

ナイトオブスリー――ジノ・ヴァインベルグは面白がるようにスザクに声をかける。

「……」

その言葉に答えず、スザクはただ無言で険しい顔をしていた。

一見すると、動じていないように見える。

だが胸の中では、めまぐるしく感情が入り乱れていた。

記憶が戻ったのか？　戻ったのだとしたら、なぜ？

「死んだんだろ、ゼロは？」

ジノは親しげにスザクの肩に腕を回し、訊いてくる。

「——ああ」

「じゃあ偽物か？　どちらにしても、総領事館に突入すれば……」

「重大なルール違反だ。国際問題になるぞ」

「ゼロを名乗っている以上、皇族殺しだ。E.U.との戦いも、大事だけどさ」

物騒なことを明るい口調で言うジノ。

「どっちもアリ地獄」

ナイトオブシックス——アーニャ・アールストレイムは携帯端末をいじりながらつぶやく。

そのとき、スザクの携帯端末に通信が入った。

スザクはその場を離れ、通話を繋ぐ。

《枢木卿。カノンよ。シュナイゼル殿下から出撃命令。フランスのグランビル海岸線の戦闘に合流してもらえる？》

「了解です。レドと二人で向かいます」
《――シュネーの機体、そんなに損傷が大きかったの？》
「それもあるんですが、シュネーの精神状態が悪いようなんです。あの状態で戦うのはおそらく危険かと」
《部下想いなのね。わかったわ、殿下にそう伝えとく》
「ありがとうございます」

❖　❖　❖

「シュネー。君はペンドラゴンで待機だ」

ドックでスザクがシュネーに伝えると、シュネーの顔が蒼白になった。

「そんな！　私も行けます！　別に専用機を使う必要などありません！　お願いです！　参戦させてください！　そうじゃないと私は……」

「シュネー」

スザクは彼の肩に手を置く。

「何をそんなに焦っている」

「──あのとき、何度もヘンリックに攻撃しようと思ったんです」

ぽつり、とこぼすシュネー。

ポーランド近郊での戦いのことを言っているのだろう。

「けれど、体がぜんぜん動かなくて。撃墜できるタイミングはいくらでもあったのに、攻撃できなかったんです」

両手を見つめながら、シュネーは言う。その手はかすかに震えていた。

「だって相手はブリタニアの貴族だったんですよ？　同じ主君に忠誠を誓った仲間です。それなのにどうして戦わなければならないんですか？　そんなことを考えていたら、敵の攻撃を避けるので精一杯になってしまった……」

軍人とは思えない、甘い考え。

だがスザクはそんなシュネーを責められずにいた。
・・・・・・・・・
なぜ戦わなければならないんですか？

この問いは、ずっとスザクの胸の中にあり続けていたから。

「枢木卿？　あなたはどうして黒の騎士団と戦えたんです？」

「黒の騎士団は、テロリストだ」
「けれどあなたの同胞です。同じ日本人だ」
——そう。
黒の騎士団のメンバーは同じ土地出身の仲間。
自分はなぜ戦えたんだ——？
唐突に、スザクの脳裏に一人の少女の姿が映し出される。
ユーフェミア・リ・ブリタニア。
天真爛漫。
甘えた理想主義者。
それでいて強い覚悟を持っていて、芯はまっすぐ通っている。
彼女が言っていたのは紛れもなく綺麗事で——
それなのに自分は、その綺麗事がどうしようもなく愛おしくて——
——私《わたくし》を好きになりなさい！　その代わり、私《わたくし》があなたを大好きになります！
いつも、いきなりだった。
先の読めない、突拍子もない人だった。

でもそのいきなりのたびに、自分は扉を開けられた。

その扉からはいつも、自分の知らない光が差していた。

――わたしね、わかったんです。理想の国家とか大義とか、そういう難しいことじゃなくて、ただわたしは笑顔が見たいんだって。いま大好きな人と、かつて大好きだった人の笑顔が。わたしを、手伝ってくれますか？

いつの間にかスザクの理想は、一人の理想ではなくなっていた。

それは彼女《ユフィ》とともにあった。

「――戦えたのは、叶えたい理想があったからだ」

スザクはシュネーに向かって言った。かみしめるように。

シュネーが顔を上げる。

「叶えたい、理想……」

シュネーはスザクを見つめる。その瞳に映るスザクに、もはや迷いはなかった。

❖　❖　❖

――フランス。

対ユーロピア戦線。

グランビル海岸線の高台に陣取ったユーロピア軍は、海上から上陸するブリタニア軍のナイトメア部隊を、上方から砲撃していた。

海岸線に敵が上陸する地面を残したうえで陣を敷くというのは、待ち戦の定石である。

上陸直後の兵は、上方にいる敵兵にとって、絶好の的になるのだ。

それゆえ、ブリタニア軍は苦戦を強いられていた。

海上の空母でランスロットに乗って待機するスザクには、シュナイゼル軍が苦戦する様子が手に取るようにわかった。

「シュナイゼル殿下」

スザクは通信を飛ばす。

「自分が行きます」

《そんな！　単騎で行くつもり？》

答えたのはカノンだった。

驚いたのか、声が裏返りそうになっている。
《いくらランスロットがフロートを装備しているといっても、あの数のパンツァー・フンメルよ？　地形的には、敵軍のほうが有利だし……》
《カノン？》
シュナイゼルがカノンの言葉を遮った。
いつもの通り、穏やかな口調だったが、有無を言わせぬ独特の重みがある。
《失礼しました、殿下》
カノンはそう言って黙った。
《頼んだよ、枢木卿》
「イエス、ユアハイネス」
スザクは小さく答え、前方を見据える。
――自分にはやるべきことがある。
こんなところで立ち止まっているわけにはいかない。
ゼロ《ルルーシュ》が再び現れたくらいで、何を恐れる必要がある？
決めたことじゃないか。

自分はやるべきことをやる。
そのためには友達だって持ち駒にする。
とうに魂は悪魔に売り飛ばした。
《枢木卿、いくら何でも無茶です！　オレも行きます！》
レドから通信が飛んでくる。
「レドは陣形が崩れたあとに上陸して、ブリタニア軍を率いてくれ」
《……イエス、マイロード》
――俺はすべてを変える。
ユフィの願い《りそう》を叶えるには、不可能を可能にしなければならない。
だから――
ランスロット・エアキャヴァルリーが飛翔する。
敵陣の真っただ中に着地。
《ランスロット!?》
《ブリタニアの白き死神!?》
ユーロピア軍がざわめく。

「降伏してください。勝敗は決しました。武器を捨てた者を、自分は撃ちません」

しかしスザクの言葉は届かない。

パンツァー・フンメルが一斉にランスロットに襲いかかる。

「残念です」

ランスロットからスラッシュハーケンが舞う。

二機のパンツァー・フンメルに突き刺さる。

ランスロットが両腕を引くと、パンツァー・フンメルは引きずられ、周囲の機体を巻き込みながら破壊されていく。

しかし数は多い。

無数のパンツァー・フンメルがランスロットへと猪突猛進する。

だが近づいてくるものはすべて、ランスロットの剣《ソード》が切り刻む。

ランスロットが飛んだ。

上空から、可変弾薬反発衝撃砲――ヴァリスによる弾丸が降り注ぐ。

前線が壊滅したところを見計らい、レドに率いられたサザーランド部隊が上陸、掃討を開始する。

敵の本陣が落ちるまで、一時間とかからなかった。

敵を殲滅しながら、スザクは思う。

あのゼロがルルーシュだとしても、自分は叩き潰す。

あのゼロがルルーシュじゃないとしたら、問答無用で叩き潰す。

そして自分は――。

・・・・・・・・ナイトオブワンになる。

▶Side:スザク

Side:SUZAKU

第4話「ランスロット・コンクエスター〈前編〉」

フランスのグランビル海岸線での戦いが終わり、ペンドラゴンに戻ってすぐ――。

スザクが執務室で仕事をしていると、シュネーが訪ねてきた。

室内に招き入れるやいなや、シュネーは深々と頭を下げる。

「フランス戦に参加できず、申し訳ありませんでした！」

「気に病む必要はないよ、シュネー。僕が判断したことだ」

「それでもやはり、申し訳ないです。それで、その……枢木卿はこの休暇中、ご予定はあるのでしょうか？」

しどろもどろに話すシュネー。

その意図がわからず、スザクは首をかしげる。

「お詫び、というのも変なのですが、アイダホにある私の実家にお招きしたくて……」

「ええ？」

予想外の提案にスザクは驚いた。

「田舎のほうではありますが、領地で採れる野菜を使ったうちのシェフの料理は評判も良いですし、ぜひ枢木卿に召し上がっていただきたいんです！」

誘い慣れていないからだろうか、シュネーは顔を真っ赤にしながら、身振り手振りで説明する。

「白ロシア《ベラルーシ》、ポーランドと、枢木卿には多大なご迷惑をおかけしているので……！」

「——ふふっ」

今まで見られなかったシュネーの年相応のふるまいに、スザクは思わず笑みをこぼした。

「？　枢木卿？」

「わかった、シュネー。お招きにあずかるよ」

「ありがとうございます！」

「いや、礼を言うのは僕のほうだろう」

スザクが言うと、シュネーはまた顔を赤くした。

——その後、シュネーと当日の詳細を相談しながら、スザクは、休日を誰かと過ごすなんていつ以来だろう、と思った。


「では枢木卿、こちらへ」

数日後、スザクはヘクセン家の屋敷の前に立っていた。

シュネーが手配した自家用ジェットでアイダホ空港まで行き、そこから車で送られること一時間。広大な敷地内にある巨大な屋敷にたどり着いた。

シュネーの先導で、スザクは屋敷の扉をくぐった。

「枢木卿、ようこそいらっしゃいました。ヒンメル・ヘクセンです。こちらは妻のエーゲラ」

「息子がお世話になっております」

シュネーの両親が、慇懃な様子で出迎えた。

「はじめまして、枢木スザクです。本日はお招きいただき、ありがとうございます」

スザクは二人に挨拶を返しながら、ふと、母エーゲラの後ろに隠れるようにして、少女がいるのに気づいた。

シュネーより二、三歳下くらいだろうか。不安げな様子で、スザクのほうを見つめている。

シュネーには一人妹がいるという話だった。名前はたしか……。

「こら、スノウ。枢木卿に挨拶しないか」

父ヒンメルが言った。

そう、スノウだ。スノウ・ヘクセン。

スノウは父親に叱られても、シュネーとスザクを交互に見つめるだけだった。

「すみません。いつもは元気のいい子なんですが……」

母親がオロオロとした様子で言う。

「どうした、スノウ？　枢木卿は別に怖くなんかないぞ？」

シュネーが優し気に尋ねると……

「……………………………………………………どうして三人とも、イレヴン相手にかしこまってるの？」

スノウは戸惑った様子で言った。

場が凍りつく。

「スノウ！　枢木卿の前でなんてことを言うのだ！」

ヒンメルが大きな声を出す。

しかし、スノウは意志の強そうな目で父親を見返した。

「お父さまもお母さまも、いつもおっしゃってるじゃない。『イレヴンがナイトオブラウンズになんてなれるはずがない。あさましい手段を使ったのだろう』って。『自分の息子がまさか下等なナンバーズに使われることになるとは夢にも思わなかった』って」

「それは……」

明らかにヒンメルは狼狽した様子だった。

「この人、イレヴンなんでしょう？　ナンバーズを屋敷に入れたりして……大丈夫なの？」

スノウに言われて、ヒンメルはゆっくりと視線をスザクのほうに移した。

「――正直に、申し上げます」

そして、意を決したようにして口を開く。

「私たちは、あなたを歓迎してはいません。あなたはたしかにナイトオブラウンズという高い地位におられる。しかし、所詮はイレヴン。ナンバーズに心から敬意を払うことはできない」

ヒンメルの言葉に反応するように、エーゲラ、そしてスノウがスザクを見つめる。刺すような視線だった。

「これが不敬罪にあたることは承知して申しています」

ヒンメルは目を逸らす。

いくらブリタニアにナンバーズ嫌悪が根強くとも、皇帝直属の騎士であるスザクへのこの侮辱は、不敬罪に問われる。

「――わかりました」

スザクはくるりと背を向けた。

ヘクセン家への怒りはない。こんなこと、ブリタニアでは当たり前だからだ。

それほどこの国には差別意識が根づいている。

――この意識を少しでも変えるために、自分はナイトオブワンを目指すんだ。

そんなことを思いながら、歩き出そうとしたときだった。

「勝手なことばかり言わないでくれ」

シュネーの声が、背後で聞こえた。

振り返ると、シュネーは両手を握りしめ、うつむき、小さく震えていた。

「たしかに枢木卿はブリタニア人ではない。けれど、だから何だ？　関係ないだろう」

「シュネー！　お父さまになんて口の利き方を……」

「母さまは黙っててくれ！」

シュネーが強い口調で言うと、母親は、ひっと短く声をあげて口をつぐんだ。

こんな風に息子に言い返されることは、滅多にないのかもしれない。

「枢木卿は、自分を犠牲にしてまで僕の命を救ってくれた！　命の恩人に、父さまはあんな酷いことを……！」

「ナンバーズが貴族の命を守るのは当たり前だろう」

ヒンメルが唸るような声で言うが、シュネーは鋭い瞳で父親を見返す。

「口で言うのは簡単だ。けれど、実際に他人の命を守れる人間がどれほどいるっていうんだ！」

「ここにいるだろう。おまえの父はこのヘクセン領の領主だ。私がどれだけの民の命を守っていると思う」

ヒンメルが威厳に満ちた態度で言い放つと、シュネーは愕然としたとばかりに目を見開いた。

「父さま、本気で言っているんですか……？　一度も戦火にさらされていない領地で、民の命を守っているなんて……」

「何が言いたい？」

シュネーに対して、不快げに眉をひそめるヒンメル。

スザクにはシュネーの気持ちがわかった。スザクもシュネーも、実際に多くの戦場を渡り歩いている。そんな二人に対して向ける言葉としては、ヒンメルの言葉はズレすぎている。

おそらく、言い争いは平行線をたどるだろう。

「シュネー」

スザクは声をかける。

自分がこの場を離れればいいだけなのだから、親子でそんなに言い争うこともないのではないか、と思って。

だが――

「枢木卿、申し訳ありません。私の家族がこんなにも恥ずかしい人間たちだとは思っておりませんでした」

シュネーはそう言い放った。

「な!?」

怒りをあらわにするヒンメル。

「行きましょう。お部屋を用意してあります」

「しかし……」

家族を無視して屋敷へ招くシュネーに、スザクも困惑する。

「シュネー！　まだ話は終わっていないぞ！」

「いいや、終わっているよ、父さま。誰がどのようなことを言おうと、枢木卿は私の尊敬するお方であり、命を救っていただいたことに感謝している」

たたみかけるように、シュネーは言う。

「息子の命の恩人を侮辱する人間が父だなんて、私は恥ずかしい。父さまたちが歓迎していないとしても関係ない。枢木卿をお招きしたのは、私だ。行きましょう、枢木卿」

と、逡巡するスザクの手を引いて、シュネーが歩き出す。

スザクはシュネーの家族の様子が気になって、後ろを振り返る。

両親は憮然とした様子で、スザクたちに背を向け、去っていった。

妹のスノウは、悲しそうな目をして、兄の背を見つめている。

その悲しげな顔が、ルルーシュの妹のナナリーと重なった。兄の身を案じているようにも見えたし、兄と仲違いして、嫌われてしまったのではないかと心配しているようでもあった。

夕食を終え、あてがわれた部屋に戻ったスザクは、ベランダに出て星を見上げていた。

夜風が気持ちいい。

ヘクセン家の屋敷は静かだった。

いま世界中で戦乱が絶えないなんて想像できないくらい、穏やかな空気が流れている。

――コンコン。

控えめなノック音。

「シュネーです。少しお時間いただいてもよろしいでしょうか？」

「ああ、どうぞ」

スザクはノックに応えながら、部屋の中に戻る。

「失礼します」

スザクは部屋に入ったシュネーをソファに促し、自分も正面に座る。

「あの、えーっと……」

ソファに腰を下ろしたシュネーは、目を泳がせながら、しどろもどろになっていた。

「シュネーの言っていた通り、素材の味を生かしたおいしい夕食だったよ。ありがとう」

話を切り出せないでいるシュネーに助け舟を出すつもりで、スザクは話題を振った。

シュネーは夕食中もしきりに、「見苦しいところをお見せして申し訳ありませんでした」と家族の非礼を謝り通しで、夕食の感想を口にするタイミングがなかったというのもある。

「ありがとうございます。お口にあったのなら、嬉しいです」

本当に嬉しかったのだろう。シュネーは少年らしい笑顔を見せた。

「――やっと笑ってくれたね」

「あ……」

シュネーは家族の件もあって、いつの間にか気を張っていたのだろう、シュネーは屋敷に着いてから、まだ一度も笑っていなかった。

――不思議なものだった。

最初、シュネーが自分の部下になったときには、シュナイゼルから付けられた鈴くらいにしか思っていなかったのに。

少なくとも、自分の中ではそういう位置づけだったはずなのに――。

いまでは、笑ってくれたことが純粋に嬉しい。

「それで――僕に何か伝えたいことがあるんだろう?」

スザクはシュネーの背中を押すようなつもりで言った。

「はあ。枢木卿には敵いませんね」

シュネーはふうっと息を吐いて、脱力した。

「私が考えてることなんて、全部見透かされているような気持ちになります」

そう言ってからシュネーは改めて、まっすぐスザクのことを見つめた。

真摯な瞳に、スザクは射貫かれる。

「枢木卿。あなたは叶えたい理想があったから戦った、とおっしゃいました。いま戦場に身を置いているのも、やはりその理想のためなのでしょうか?」

「――少し、違うかもしれない」

スザクは言葉を選ぶように、シュネーに答える。

「たしかな理想があった。けれどそれは、僕の手から零れ落ちてしまった。いまはその零れ落ちた理想を、少しでも拾い集めるために、泥の中で、もがいている感じかな……」

スザクの脳裏をよぎるのは、二つの顔。

失われたユーフェミアの笑顔――。

そして、仇《ゼロ》の仮面の中から現れた親友《ルルーシュ》の顔――。

「その理想は、そんなにも尊いものだったのですか?」

「ああ。僕にとって、かけがえのないものだった」

スザクは自分の手を見つめた。

それはかつて――死に際のユーフェミアの手を握りしめた手だ。

「では、私にも、その理想を拾い集める手助けをさせていただけないでしょうか」

シュネーの言葉に驚き、スザクは返答に窮してしまう。

「私は考えたんです。枢木卿には叶えたい理想がある。それならば、自分が叶え……たい理想はどのようなものなのだろう、と。だから――」

シュネーはかしこまって敬礼する。

「私は、あなたについていくことに決めました……。もう迷いません。敵が誰であろうと――同じブリタニア人であろうと、旧友であろうと、私はあなたの理想を叶えるために戦います」

「シュネー……」

「申し訳ありません。今回お招きしたのは、お詫びの気持ちも当然あったのですが、二人きりでしっかり自分の決意をお伝えしたかったのです。あっちだとレドのやつが茶化したりするんで……」

「ふふっ、なるほどね」

決意の反面、子供っぽい理由に思わずスザクは笑う。

「変……でしょうか?」

困ったような顔をするシュネー。

「いや、シュネーらしいよ」

——シュネーはいつも真面目で、まっすぐで。

ときどき、ひねくれたことを言ったりするけれど、それは面と向かって何かに立ち向かっていこうとしているからこそ出る、愚痴のようなものなのかもしれない。

「シュネー。これからも、よろしく頼む」

スザクは手を伸ばした。

シュネーはちょっと驚いたようにスザクの手を見つめると、

「イエス……マイロード！」

しっかりと、その手を握った。

そのとき――

ドン！　という爆発音が外で聞こえた。

「⁉」

スザクとシュネーはベランダに飛び出した。

遠くの空が赤く燃えている。

慌てて二人は一階のエントランスへと走った。

そこでは、シュネーの父ヒンメルが携帯端末に向かって叫んでいる。

「テロだと⁉　警察はどうした！　敵はサザーランド？　バカな……」

ヒンメルのそばには母のエーゲラと妹のスノウの姿も見える。スノウはおびえた様子で母に寄り添っている。

「ヘクセン卿、状況を」

スザクが尋ねると、ヒンメルは苦虫をかみつぶしたような顔をした。

「……ゼロの復活に触発されたブリタニア人テロ組織が、ボイシの議会場を占拠しているそうです。ナイトメアは十数機。警察が鎮圧に乗り出しましたが、相手はサザーランド。ナイトポリスでは歯が立たないようで……」

「ブリタニア軍への出撃要請は？」

シュネーが手順通りの確認を行う。

「――軍に頼るわけにはいかない。ここは私の領地だ」

「しかし、このまま占拠が続けば、被害は広がるばかりです！」

「私たちの力で何とかせねば、民に示しがつかないだろう！　領主としての沽券に関わる！」

「ではどうやって解決するつもりですか？　こんなところで手をこまねいていても……」

「だから！　こうやって考えているだろう！」

「小さなプライドを守るために、民を犠牲にするつもりですか⁉」

「そこまでにしよう、シュネー」

スザクが制止する。

「ヘクセン卿、われわれは議会場へ向かいます。状況を見て、場合によっては自分の判断でテロリストを制圧します。シュネー、行こう」

「イエス、マイロード！」

「勝手なことを……！　領主は私だぞ！」

ヒンメルが怒号をあげるが、スザクもシュネーも取り合わなかった。

二人が屋敷の外に出たとき、スザクの携帯端末が着信を知らせた。

「レドか？　ちょうどよかった。いまアイダホで……」

《枢木卿、そのことなんですが、上を見てもらえますか？》

「上？」

スザクが顔をあげる。それにつられて、シュネーも空を見上げる。

空には星々が溢れていた。

その中の一つ――星だと思っていた光の明滅が、急に大きくなる。

左右の赤と緑の光は、アヴァロンの航空灯だった。

《来ちゃった♪》

通信に別の声が割り込んでくる。

「ロイドさん!?」

スザクは声を上げた。
端末から聞こえたのは、スザクの後見人であり、ナイトオブセブン直属開発機関・キャメロットの主任である、ロイド・アスプルンドだった。
《軍には、いち早くテロの発生の連絡が入ってたからね。急いで用意したんだー》
「まさか、コンクエスターが、もう……？」
《ご名答！　改良ホヤホヤの新しいランスロット――名づけて、ランスロット・コンクエスター！　さっそく使ってみてよ》
「――わかりました。その力、試してみます」

❖　❖　❖

三十後には、シュネーたちは現場上空に到着していた。

ランスロット・コンクエスターと、サザーランド――シュネー機およびレド機が、アヴァロンの格納庫で待機している。

眼下では、陣を組むようにして、十数機のサザーランドが街中に群れを成していた。

《あまり街に被害を出したくない。シュネーとレドは、他の機体と一緒に敵の逃げ道をふさいでくれ。その間に、自分が中央から攻撃をかける》

《《イエス、マイロード》》

シュネー機とレド機は、敵陣を挟むようにして降下した。

そしてランスロットだけが、フロートユニットを駆使して、敵陣中央の上空へと高速移動――二本の剣《ソード》を抜き、急降下した。

空からの突然の襲撃に、テロリストたちは完全に後れを取った。

まずランスロットが着地した直後、五機のナイトメアフレームが、ランスロットの振り抜いた剣《ソード》の餌食になる。

驚愕し、動けないでいるうちに、さらに五機が神速の剣戟によってくずおれる。

やっと我に返った三機が、一斉にランスロットめがけてライフルを掃射した。

しかしランスロットは胸部のブレイズルミナスを展開――きらびやかな立体模様の盾《シールド》がすべての弾丸を跳ね返した。

泡を喰ったようにして、三機は逃げようと後退する。

《逃がしはしない！》

だが、三機の逃走経路にはシュネー機が控えていた。

シュネー機はスナイパーライフルを展開――一機ずつ確実に狙いを定めると、弾丸を発射する。

ダン、ダン、ダン、とリズムよく発射された弾丸によって、敵サザーランドは脚部を破壊され、地面にくずれおちた。

勝敗は一瞬で決した。

❖　❖　❖

戦闘を終え、議会場での事後処理を行うシュネーのもとに、両親とスノウが訪れた。

「これが枢木卿の力なのか……」

父ヒンメルが嘆息する。

先ほどまで戦闘が行われていたとは思えないほど、被害が少ない。

「言っただろう。スザクさんは自分を犠牲にしてでも他人の命を守る。守ろうとするんじゃない。本当に、守ってしまうんだ」

「口だけの貴族とは違う……か。枢木卿に数々の非礼をお詫びしたい」

うなだれるヒンメルに、シュネーは、

「あの人はそんなのは望んでいないよ」

と言った。

「しかし……」

「それに、父さまたちの気持ちは、スノウが伝えてくれるさ」

いつの間にか、スノウがスザクのもとに駆け寄っていた。

「枢木卿がお兄さまを助けてくれたって聞きました。それなのに酷いことを言って、ごめんなさい……」

「気にしないで大丈夫だよ。シュネーは僕にとって、大切な仲間だから」

スザクが言うと、スノウは花が咲いたような笑顔を見せた。

「ありがとうございます、枢木卿！」

スノウがシュネーたちのほうに戻ってくる。

そんなスノウを見送りながら、スザクがポツリと、

「家族、か……」

小さくつぶやいたのを、シュネーは聞いた。

その顔が少し寂しそうに見えたのは、シュネーの気のせいだろうか。

❖　❖　❖

《枢木》
スザクがその通信を受け取ったのは、短い休息を終えて、ペンドラゴンの執務室に戻ってすぐのことだった。
通信相手は、ナイトオブワン――ビスマルク・ヴァルトシュタイン。
《シャルル皇帝から勅命だ。エリア11へ向かえ》
「！」
《エサの確認を任せる、とのことだ》
「――イエス、マイロード」

通信を切り、スザクは椅子に腰を下ろし、目を閉じた。

エリア11に行く。

そこには……ルルーシュがいる。

再び開かれたスザクの目に、ここ数日、シュネーに見せていた優しさは、欠片も見いだせなくなっていた。

▶Side:スザク

第５話「ランスロット・コンクエスター〈後編〉」

Side:SUZAKU

「スザクさん、何だか元気なかったな」

シュネーが隣を歩くレドに、ポツリとこぼした。

飛行機でエリア11へと向かったスザクを見送った帰りだった。

「――故郷に帰るんだ。きっと感傷的になっていたんだろう」

「生まれ育った場所に帰るのに？」

レドの答えに、シュネーは納得していないようだ。

「たとえばの話だが……もしアイダホがユーロピアに占領されていたとしたら、おまえは帰りたいと思うか？」

「……私には、わからないな。故郷が占領されるって、どういう気持ちなんだろう」

レドは、シュネーらしくない答えだな、と思った。

「熱でもあるのか、シュネー？」

「は？　どういう意味だ？」

「いつものおまえだったら、『私の故郷がユーロピアに占領される⁉　縁起でもないことを言うな！』とかなんとか言いそうなものだと思って」

「失礼な！　私にだって、仮定の話をしているんだってことくらいわかる！」

そういう意味ではないんだけどな、とレドは思いつつ、

「ああ、悪かった悪かった」

と適当にあしらう。

――最近のシュネーは、何となくカドが取れたような気がする。

妙な必死さというか、焦りのようなものがなくなり、自然体で物事を見るようになった。先日、アイダホで戦った際も、広い視野で敵を観察し、的確に動くことができていた。

いい変化だとレドは思っている。だが、本人には伝えない。シュネーはあまり器用なタイプではないから、下手に伝えて意識させると、動きがぎこちなくなるかもしれない。

――きっと、枢木卿の影響だろう。

レドは視線が鋭くなる。

枢木スザク……底の知れない人間だ。子犬のように人懐っこいときもあれば、獰猛な獅子のような目をすることもある。

「故郷、か……。あ、そうだ」

何かを思い出したように、シュネーが声を出す。

「ちょっと話は変わるけれど……今度レドも、私の故郷《うち》に来てみないか？　スザクさんも誘ってさ。結局、この間はいろいろゴタゴタしてゆっくりできなかったし、この際、スザクさんと三人でゆっくりいろいろ話してみるのも――」

「オレは遠慮しておくよ」

レドはシュネーの言葉を遮るようにして言った。

シュネーはちょっと驚いたような顔をしたが、

「――そっか。まあ、無理にとは言わないさ」

すぐに引き下がった。

シュネーはいつも、一定の距離を保とうとするレドの気持ちを察し、尊重してくれる。レドにとっては、その気遣いがありがたかった。

レドは別に、シュネーのことが嫌いなわけではない。

嫌いではないからこそ、一定の距離を保つべきだと思っていた。

自分がいるような泥臭い世界は、シュネーには似合わない。

彼には純粋なままでいてほしいと、思う。

――柄にもなく感傷的になってしまったか。

レドは皮肉げに一人、笑う。

「さて、無駄口を叩いている暇はないぞ、シュネー。ロイド伯爵がお呼びだ。枢木卿が不在の間に、汎用機に搭載するフロートユニットのテストを行いたいらしい。テストパイロットを頼まれている」

「了解だ」

❖　❖　❖

スザクはエリア11に戻ると、まずアッシュフォード学園を訪れた。表向きは復学という形だが、実際は、ルルーシュの監視に加わるのが目的だ。

ルルーシュはシャルル皇帝のギアスによって、三つの記憶を書き換えられた。

　まず、ナナリーのこと。ナナリーという妹の存在は抹消され、その空白にはロロが弟役として収まった。

　また、自分がゼロであったということも完全に忘却した。

　そして最後に、自分がブリタニアの皇子だったたという記憶も消えている。

　一見したところ、ルルーシュに記憶が戻っている様子はなかった。

　だがルルーシュだったら、この程度の演技、眉一つ動かさずにこなすことができるだろう。

　勝負をかけるのは、ナイトオブセブンの歓迎会の後だ、とスザクは決めた。

　ナイトオブセブンの歓迎会は、ジノの乱入によって思わぬ展開を迎えたが、無事に終了した。

　その夕刻――。

　校舎の屋上に、スザクとルルーシュは二人で立っていた。

「――僕はね、ナイトオブワンになるつもりだ」

　スザクが自分の決意を告げると、ルルーシュは軽い口調で応えた。

「おいおい、それは帝国最高の騎士じゃないか……」

そこに、ゼロのような凄みはない。

あくまで普通の友人といった雰囲気。

「ナイトオブワンの特権に、好きなエリアを一つ貰えるというのがある。僕はこのエリアを――日本をもらうつもりだ」

スザクは次々と、自分の想いをぶつける。

ルルーシュの心を揺さぶるために。

「僕は大切な友達と、かけがえのない女性を失った。これ以上誰も失わないためにも、力を手に入れる。だから、もう日本人にゼロは必要ないんだ」

「ふうん、間接統治か。保護領を目指して？」

だがルルーシュの態度は変わらない。

あくまで、とぼけとおすつもりなのか？

それとも、本当に、記憶が戻っていない？

――まあ、いいさ。
・・・・・・・・・・・・・・・・・・・・
そんなに簡単に攻略できたら、ルルーシュらしくない。

「答えは、この人に……」

携帯端末を取り出し、操作するスザク。

「来週赴任されるエリア11の新総督だ。話をしてくれ」

「ただの学生が総督と？」

困惑をあらわにするルルーシュ。

スザクはかまわず、話を進める。

「枢木です。――はい、いま、目の前に……。はい」

携帯をルルーシュに手渡すスザク。

「困るんだけどなあ。そんな偉い方なんかと……」

ルルーシュはスザクに背を向けながら携帯を耳に当てた。

《もしもし、お兄様？》

スザクからは表情は見えない。

だが、雰囲気が凍りついたように見えるのは、気のせいだろうか？

《お兄様なのでしょう？　わたしです、ナナリーです。総督として、そちらに
……あの、聞こえていますか？　お兄様？　ナナリーです》

スザクはただ、ルルーシュの背中を見つめる。
凍てついたような表情で。
――本当に記憶が戻っていないのなら、ナナリーのことはわからないはず。さあ
ルルーシュ、答えを出してもらおう。
「あの、人違いではないかと。はい。ただの学生ですし」
ルルーシュの答えを聞いて、スザクは一気に緊張が解けた。
――やはり記憶は戻っていないのか？
ピリリと、胸の奥が痛くなる。
罪悪感――。
ナナリーによそよそしい態度をとるルルーシュを見て、親友を売ったという罪
の意識が雪崩を打って押し寄せてくる。
ルルーシュにとって、ナナリーは最愛の存在であり、生きる意味だ。
それを、自分は奪ったのだ……。
「はい、すみません。――いえ、皇女殿下とお話しできて、光栄です」
ルルーシュはあくまで礼儀正しかった。

《電話を戻してもらえますか？》
「イエス、ユアハイネス」
「ごめん、ナナリー。誤解させるような形になっちゃって……」
電話を受け取り、ナナリーに謝罪するスザク。
《いえ、雰囲気が似ていたので驚いてしまって……あの、では、エリア11でお会いしましょう》
落ち込んだ様子で、ナナリーは通話を切った。

このときは罪悪感に苛まれたスザクだったが、ナナリー新総督到着の日、中華連邦総領事館の前で黎星刻《リーシンクー》から話を聞き、ふたたび疑念を抱くことになる。

星刻の話では、黒の騎士団は地下から脱出してしまったのだという。

「まさか、ナナリーを……!?」

スザクは、その大胆な行動力に、ルルーシュの面影を感じていた。

「やられたな」

ジノが飄々とした様子で、肩をすくめ、

「お返し、する？」

アーニャがいつものように無感動に訊いてくる。

そして――スザクの眼光は鋭く細められる。

「――当然だ」

スザクはさっそく、アヴァロンへ連絡した。

通信に応じたのはレドだった。

《オレたちも、すでに太平洋上に出ています。先兵として、ギルフォード卿とグラストンナイツが出撃しています》

「了解だ。レドとシュネーは僕たちの到着を待って、第二陣として戦線に参加してくれ」

《イエス、マイロード》

――パシャリ。

レドとやりとりするスザクの横顔を、アーニャが携帯端末で撮影していた。

「何だ、アーニャ？」

「記念。隊長さん」

「隊長……？」

「スザクがちゃんと上司らしくしてるのを見るのが珍しいんだろ」

　ジノが笑う。

「……そんなに意外か？」

「最初ラウンズに入ったときは、一匹オオカミみたいなところがあったからな。何をやるにも単独先行。でも最近、ちょっと変わってきた感じがする」

「変わった？　僕が？」

「悪くないと思うよ？　世の中、一人ではできないことだらけなんだから。たとえば、今回の戦いも」

「……そうだね」

　ジノに言われて、スザクが思い出したのは、シュネーの言葉だった。

「私は、あなたについていくことに決めました」

　たしかに、失ったものは多い。

　故郷、かけがえのない人、親友……。

　けれど、何もかもなくしたわけじゃない。得たものだってある。

シュネーとレド。

《コノエナイツ》

そして、ナイトオブラウンズの面々。

「さあ、ナイトオブラウンズ、出撃だ！」

「ああ！」

ジノの号令に、スザクは力強く頷いた。

❖　❖　❖

太平洋上を駆る、一機の戦闘機――トリスタン。
《さあ、お仕置きタイムだ》
戦闘機《トリスタン》はナイトメア形態へと変化《へんげ》しつつ、ログレス級の上に着地した。
《ナイトメア⁉》
困惑をあらわにした黒の騎士団の機体――朝比奈の乗った月下を、トリスタンは連結したＭＶＳを大振りして撃破する。
直後、ログレス級の右翼を守っていた護衛艦が操舵不能になり、ログレス級へ向かって落下を始めるが……
モルドレッドによって、４連ハドロン砲――シュタルクハドロンが発射され、命中。
護衛艦は爆散する。
ナイトオブラウンズらしい、華々しい参戦だった。
《ふぅ。相変わらずだな、モルドレッドのやることは》
ジノは陽気な様子で通信を飛ばす。
《アーニャ、もうそれは使うなよ？　総督殺しはマズいだろ？》
《守ったのに……》
不満げに口をとがらせるアーニャ。
ナイトオブラウンズの参戦により、戦況は一気にブリタニア優勢へと傾いた。
そして――トリスタン、モルドレッドの横を、一機の輸送機が疾駆する。
搭乗しているのはナイトオブセブン――枢木スザク。
《ロイドさん、ランスロットは？》
《準備できてるよー！　早くおいで！》

輸送機に乗ってアヴァロンに到着したスザクは、すぐにランスロット・コンクエスターに搭乗した。

——ゼロがナナリーを奪いにきた。けれど機密情報局からの報告はない。敵はゼロか、ルルーシュか……。

起動準備を行いながら、スザクは考える。

——どの道、やることは変わらない。ナナリーを救い、ゼロを捕縛するだけだ。

《ランスロット・コンクエスター、発艦！》

《発艦！》

セシルの発声に合わせ、スザクは叫ぶと、ランスロットを出撃させた。

太平洋上に飛び出したランスロットは旋回し、空を駆る。

その後ろを、フロートユニットを装備したサザーランド二機が続く。

シュネー機とレド機だ。

紅蓮弐式と交戦に入るランスロット——その横をシュネー機とレド機は疾駆し、ログレス級の上に降り立った。そして二手に分かれ、残った黒の騎士団の機体——無頼を掃討していく。

黒の騎士団の無頼は、シュネーたちの敵ではなかった。

《レド、スザクさんの様子はどうだ⁉》

《紅蓮弐式がフロートユニットを装備した》

《何⁉》

《互角と言ったところか……。枢木卿は紅蓮との戦いを諦め、ナナリー総督の救出を優先することにしたようだ》

《妥当な判断だな》

《⁉　マズイ！》

レド機が急旋回して、移動を開始する。

紅蓮との戦闘を離脱し、ログレス級へ向かうランスロットを狙う無頼が一機、ログレス級の上に存在した。レドはそれを破壊するために、一気に距離を詰めようとしたのだ。

だが、レド機もまた、別の無頼に狙われていた。

アサルトライフルの銃口が、しっかりとレド機に定められている。

このままだと、レド機が破壊されるのは確実だった。

だがレドは止まらない。

なぜなら……。

――シュネー《あいつ》なら、ここで撃つ。

レドはシュネーに背中を預けていたのだ。

そしてたしかに、シュネーは見ていた。

レド機が、ランスロットを狙う無頼へと向かっていることを。

そして――ここでレド機が自衛した場合、ランスロットへと攻撃が発射されることを。

ランスロットが撃墜されることはないだろう。スザクとランスロットの力なら、無頼一機程度、敵ではない。

だがその数秒のせいで、ナナリー総督の救出が間に合わなくなる可能性は、ゼロではない。

だから――

《させるかあああ！》

シュネーはレド機を狙う機体めがけて、ライフル狙撃を繰り出した。
正確無比な狙撃により、黒の騎士団の無頼は撃破された。
《行け、レド‼》
レド機はまっすぐ――ランスロットを攻撃しようとしていた機体のもとにたどり着くと、槍《ランス》を突き出して破壊。
巧みな連携だった。
こうしてランスロットは何者にも邪魔されず、ログレス級の中へ突っ込んでいった。
《あとは任せるしかない、か》
レドが言い、
《大丈夫。スザクさんだった絶対やりとげる》
シュネーがうなずく。
シュネー機とレド機は戦線を離脱し、アヴァロンへと戻った。
《ふううう、それにしてもレド、無茶をしすぎだ。背筋が凍ったぞ？》
アヴァロンへの道中、シュネーが脱力した様子で通信を飛ばした。

《おまえならあそこで撃ってくれると思っていた》
レドは無愛想に応える。
《信じてくれてたってことか？》
《そうとらえてくれて、かまわない》
シュネーは照れた様子で鼻の頭をかいた。
そして突然、真面目な表情になった。
《――なあ、レド》
《何だ？　改まった調子で……》
《君が、あんまり自分の素性を話したくないと思っているのは知っている。それでかまわない。人間、すべてをさらけ出す必要はない》
《奥歯に物が挟まったような言い方はよせ。言いたいことはハッキリ言ってくれ》
《私はレドのことを仲間だと思っている》
《――！》
《レドが私を信じてくれたように、私も、レドだったら絶対にスザクさんを守ってくれると信じていた。レドのことは、背中を預けられる相手だと思っている。

それだけは、わかっていてほしいんだ》
レドは、すぐには返事ができなかった。
あまりにも、唐突すぎて……。
素直な好意の表明に、戸惑った。
《――どうした？　枢木卿を家に招いて味をしめて、友情ごっこがしたくなったのか？》
結局レドは、はぐらかした。
そうすることしかできなかった。
《まったく、すぐ茶々を入れるんだから。真面目に言っているのに……》
シュネーは不満げに肩をすくめる。
《あいにく、生まれつきこういう性格なんだ。変に真面目な話は得意じゃない。だが…………ありがとう》
《――ああ》
――そして枢木スザクは二人の信頼のとおり、ナナリー総督を無事救出することができた。

❖　❖　❖

その数時間後――。

エリア11の政庁の一室で、一人の少年が携帯端末を耳に当てていた。

レド・オフェンだった。

「先ほどエリア11担当の諜報員から連絡がありました。枢木スザクがルルーシュ・ランペルージという学生と接触したようです」

潜めた声で、レドは携帯端末へと報告する。

「枢木は、機密情報局との連絡も密にしています。ルルーシュという少年は、皇帝陛下の研究および例の謎の力、そして枢木がナイトオブセブンに就任したことと、何らかの関係があるのではないか、ということでした」

《ありがとう。シュナイゼル殿下に伝えておくわ》

通話の相手――カノン・マルディーニはねぎらうように言った。

《あなたは引き続き、枢木スザクの監視を続けて》

「イエス、マイロード」

通話を切り、小さくレドはため息をつく。

――シュネーは言ってくれた。

「私はレドのことを仲間だと思っている」

と。

だが……

「シュネー。悪いがオレは、おまえの仲間を名乗れるようなやつじゃないんだよ」

そうつぶやくレドの顔は皮肉げだったが、同時にひどく悲しげでもあった。

▶Side:スザク

第6話「コノエナイツ」

Side:SUZAKU

中華連邦と黒の騎士団との間での抗争が終結したころ――。

エリア11に来て、諜報員たちから情報を引き継いだレドは、枢木スザクに関する調査を粛々と続けていた。

表向き、スザクはナイトオブラウンズとしての任務をこなしつつ、新総督――ナナリー総督の補佐を務めているようだった。それらに不自然な点はない。

あるとすれば一つ――ルルーシュ・ランペルージという少年の存在。

スザクがエリア11に来てから行ったことで、唯一不自然なものは、ルルーシュと二人きりで会ったことだ。

ルルーシュは不可解な存在だ。彼は情報が綺麗すぎる。

調査をしていれば一つや二つ、不審な情報にぶつかるものだが、ルルーシュのバックグラウンドは理路整然としていて、一切の謎がなかった。

それゆえに怪しい。

そして機密情報局の存在。

彼らはどういうわけか、このルルーシュ・ランペルージという少年を監視しているようだった。ルルーシュの情報が不自然に綺麗なのは彼らの関与があるからなのかもしれない。

「……行ってみるか、アッシュフォード学園に」

レドはエリア11の政庁内にある執務室で、ポツリとつぶやいた。

ちょうどその日、枢木卿は会議のため、学園には不在。

学園にはヴァインベルグ卿とアールストレイム卿がいるが、彼ら以外にレドを知る者はいない。ラウンズの二人も、レド一人を見て何かを不審に思うほど、コノエナイツと面識があるわけではない。

潜入するタイミングとしてベストだ。

レドはアッシュフォード学園に入った。堂々と、校門から。エリア11担当の諜報員に制服を調達してきてもらい、身に着けていたから、造作のないことだった。

学園に入ってすぐ、レドは違和感を覚えた。

学生たちがグラウンドや中庭などに出てきているのだ。いまは授業中のはずなのに。

ハート形の帽子を全員が被っているのも奇妙だ。男子生徒は青色の、女子生徒はピンク色の帽子……。

——何かの行事か？　学校の行事スケジュールを確認したときは、今日は特に何の行事もなかったはずだが……。

「あれ？　君、帽子貰ってないの？」

突然、近くの男子生徒に話しかけられた。

「は？　あ、いや……」

答えに困っていると、青い帽子を頭に載せられる。

ちょっと待て。

「すまない。これはいったいどういうことなんだ？」

「え？　知らないのか？　ミレイ会長の発作が起こったんだよ」

「発作……？」

「そうそう。突然、わけのわからないイベントを開催しちゃうやつ。今回は、まあ、彼女の卒業イベントなんだけどさ……」

ミレイ・アッシュフォード――この学園の会長の名前だ。ルルーシュ・ランペルージとも親交があったようなので、基本的な情報は押さえてある。資料にも突飛なことをする人物だとは書いてあったが、まさかここまでとは……。

「それで、今回はどういうイベントなんだ?」

「この帽子を異性から奪い取るんだ。そして自分の帽子を相手に被せる。そうしたら二人は強制的にカップルになるんだそうだ」

「……?」

なんだそれは、とレドは眉をひそめた。

「あっはは、変だよなー。俺もそう思うよ。だけど気をつけろよ。どうやらおまえ、狙・わ・れ・て・るみたいだぞ?」

直後、レドは殺気のようなものを周囲から感じた。

「ねえ、あの子、誰だろう?」

「でも、ちょっとさ……」

「うん……ちょっとだけど……」

「「イケメンじゃない？」」

「……まずいな。どういうわけか、目立ってしまっている。見かけない顔だからか？」

そのとき、スピーカーから大音声が聞こえた。

「では、スタートの前に私から一言……。三年B組ルルーシュ・ランペルージの帽子を私のところに持ってきた部は、部費を十倍にします！　それではスタート‼」

どよめきとともにイベントが開始された。

レドはスタート直後、地面を蹴り、走り出した。何人かの女子生徒が開幕アタックを加えてきたが、見事に空振り。

スタートダッシュの勢いで、レドは身を隠すべく建物の裏に逃げ込んだ。

とんでもないときに来てしまった、とレドは後悔した。

「とりあえず人気《ひとけ》のないところに隠れよう。少し作戦を立てる必要があるな……」

周囲を見回し、レドは、図書館が最適だと判断した。

足早に図書館の中に入る。

「帽子の奪い合いだ。誰も好き好んで本だらけの場所になど……何？」

人の気配を感じ、棚の陰に隠れた。

ルルーシュ・ランペルージが歩いていた。

現在、全生徒の標的にされている彼だからこそ、レドと同じ場所に身を隠したのかもしれない。

レドは携帯端末を取り出し、撮影を開始する。

直感があった。

底辺から泥水をすすりながら生き残ってきた人間のみが持つ、嗅覚のようなもの――。

もしあの少年が何か力を持っているのなら、この状況――大量の人間から狙われた状況で、何もしないとは考えられない。

と、ルルーシュの後ろに一人の女子生徒が出現し、ひょいっと帽子を奪い取った。

「やったー！　これでルルーシュくんと恋人どうしだー！」

「あ、ああ、ミーアくん」

ルルーシュは苦笑いを浮かべながら、女子生徒のほうを振り返ると、

「返してくれないかな、その帽子」

と告げた。

「――はーい」

素直に返す女子生徒。

――なんだあれは……？

あの女子生徒はルルーシュの帽子を取りにきたのだろう？　だったら言われただけであんなに素直に返すわけがない。

やはりルルーシュは、謎の力を持っている……。

ルルーシュはそのまま、図書館の棚の間にあった隠し扉の中へ消えていった。

と、思ったらまた出てくる。

だがレドには、それが別人だとわかった。

「影武者か。妙なことをする」

ますます怪しい。

レドは隠し扉の向こうに行こうか逡巡したが、扉の場所を携帯端末で撮影するにとどめた。諜報活動によって得た資料によれば、この先は機密情報局の拠点になっている。彼らと鉢合わせて問題を起こすのは避けておきたい。

しかし、ルルーシュがそこに入ったということは、機密情報局と繋がっているということなのか……。

だとしたら、枢木スザクとも……。

レドはすぐにその場所を離れ、学園を後にした。


「ルルーシュ・ランペルージが能力を使うところを目撃したので、動画データをお送りします」

政庁の執務室に戻り、レドはカノン・マルディーニに通信を繋いだ。

カノンは動画を確認しているのか、しばらく無言だった。

《……本当に驚きね。こんな力を使える人間がいるなんて……。けれど、他の調査員からの報告とも合致するわ。現実として受け入れるしかないようね。枢木スザクは関係していそう?》

「まだ不明です。ただ、ルルーシュが機密情報局の拠点に足を踏み入れるのを確認しました。ということは……」

《枢木スザクとの関係も疑われる、と》
「はい。そもそも、名誉ブリタニア人とはいえ、ナンバーズがナイトオブラウンズになるということが異例です。何もないわけがありません」
《そうね。シュナイゼル殿下に報告しておくわ。あなたは引き続き、枢木の身辺を洗ってちょうだい》
「イエス、マイロード。あの……カノンさん。もしもの話ですが、枢木が皇帝と繋がっていた場合、シュナイゼル殿下はいかがなさるおつもりなのでしょう」
《私にはわからないわ。ただ……捨て置くということはないでしょう。どうしてそんなことを訊くの？》
「え……？」
オレはなぜ、そんなことを訊いたのだろう。
「申し訳ありません。出過ぎたことを……」
《かまわないわ。ただ、対象に情が移るようなことがあったら困るわよ？》
「……肝に銘じておきます。それでは、失礼いたします」
レドは通信を切った。

対象に情が移るなどありえない。当然のことのはずだ。
それなのに胸の奥が痛むのは、なぜだ？
ぼんやり携帯端末を見下ろしていると、再び通信が入った。
《レドか？　シュネーだ》
血相を変えたような声だった。
《エリア11内――房総半島の南部で暴動が発生した。出撃要請が出ている》
「黒の騎士団か？」
《まだわからない。だが、可能性は高い。ナイトメアフレームが多数、暴動に使われているみたいだから》
「ナイトメアフレームを揃えられるほどのテロ組織となると、黒の騎士団が筆頭というわけか」
《そういうことだ。エリア11内でテロ活動が活発化すると厄介だから、私たちとスザクさんが中心になって出撃し、一気に鎮圧をはかることになった。出られるか？》
「了解した」

レド、シュネー、スザクの三人は、軍のサザーランド十数機とともに、アヴァロンで移動した。

今回、レドとシュネーは新しい機体に搭乗している。

レド機の名はヴィンセント・ブレイズ。シュネー機の名はヴィンセント・スナイパー。どちらも量産試作機であるヴィンセントを、コノエナイツ用にカスタマイズした機体である。

格納庫内にいる間に、映像で眼下を確認する。

街が炎に包まれている。暴動の規模としては、比較的大きな部類に入るだろう。

数十機のナイトメアフレーム――グラスゴー――が、ブリタニア人居住区のビル群を破壊して回っている。また、多数のナンバーズたちが火炎瓶を投げたり、道に止まっている車両をひっくり返したりと、好き放題に暴れていた。

《任務の内容を確認する》

スザクが口を開いた。

《自分たちの任務は、ナイトメアフレーム全機を無効化すること。暴動自体の鎮

圧は、警察が行う。暴動での死者をあまり出したくないというのが、政庁の方針だ》
《ずいぶん甘い要請ですね。新総督のお考えですか?》
鋭く切り返すレド。
《百万人のゼロ事件以来、ブリタニアに対する反感および黒の騎士団への共感が高まっている。あまり刺激したくないということのようだ》
《……相変わらず、御上は無理な要求をしてくれますね》
《そう言うな、レド。無益な殺生をしないに越したことはない》
シュネーが間に入ってくる。
《——それが任務なら、オレは従うだけだ》
たとえそれが無益な殺生でもとは付け加えなかった。
・・・・・・・・・・
《三方向から囲むようにして撃退していこう。行くぞ!》
スザクの掛け声とともに、格納庫が開き、レドたちの機体が射出される。
最初に地に降り立ったのはランスロット・コンクエスターだった。
ランスロットは着地する直前、旋回するように剣《ソード》を振り抜いた。それだけで十機のグラスゴーが地に伏した。

シュネー機はビルの屋上に着地し、遠方からライフルで狙撃《スナイプ》していった。

そしてレド機は——着地するなり剣《ソード》で一機ずつ、撃破していく。

「日本を返せ！」

「ブリキ野郎が‼」

足元では暴徒たちが叫び声を上げながら、レドのナイトメアフレームに向かって火炎瓶を投げてきた。

「……やりづらいな」

ちょこまかと足元を人間が行き来しているため、行動が制限された。相手が旧型のグラスゴーとは言え、自由がきかない状況で戦うのは分が悪い。

このような状況で、一般人を巻き込まずにナイトメアだけを倒し続けるランスロットは、やはり人間業ではない。

シュネーが早々に、遠隔からのライフル射撃に攻撃を絞ったのは賢明な判断だった。

レドは、暴動を起こしている彼らを見て、心の中がざらついた。

社会の底辺。

不満の吹き溜まり。

彼らの言い分がわからないわけではない。

自分も以前は、・・・・・・そこにいたから。

彼らを見ていたら、自然と、自分の半生が、脳裏に蘇ってきた。


【後編】


二人の男が、ホテルのスイートの一室で、話をしていた。

二人とも、豪奢な格好に身を包んだ恰幅のいい男だった。片方はブリタニア人の有力貴族で、もう片方は、同じくブリタニア人の武器商人だった。

「それでは商談の件は……」

武器商人が揉み手をしながら、貴族に尋ねる。

「貴社にお願いしよう。貴社の製品の品質は極上だ。騎士たちもきっと気に入るに違いない」

「ありがとうございます」

「で……約束のものは用意してあるな?」

そう訊く貴族の声は、若干、上ずっていた。

「ええ、もちろん。それはもう、こちらも極上のものを用意しておきました」

武器商人が、寝室の扉を示す。

生唾を呑み込む、貴族。

「では……ごゆっくり」

扉を開くと、浅黒い肌をした少年がベッドの縁に座っていた。

「上玉じゃないか……。ふふふ、可愛がってあげよう」

舌なめずりをしながら見つめる貴族。

そんな彼を、少年はじっと無表情で見つめていた。

❖　❖　❖

レド・オフェンはブリタニア人だが、貴族ではなく、平民の出だ。平民出身者が騎士になり、ナイトメアのパイロットになるというのは異例中の異例。レドの場合、軍学校で極めて優秀な成績を収めたというのが、登用の理由になっている。

だがそれは、表向きの経歴に過ぎない。

実際には、そのような綺麗な経歴の持ち主ではない。


レドはろくでなしの両親のもとに生まれた。父親は物心ついたころにはおらず、母親は酒浸りで、若い男をとっかえひっかえという始末。

その母親に人生のすべてを狂わされた。男遊びをする金欲しさに、母親はレドに男娼をやらせ、客をとらせたのだ。貴族や裕福な商人たちの中には、少年性愛の嗜好を持つ者がいたので、母親は彼らに高い金を払わせ、レドを抱かせた。

レドの最初の記憶は、父親のものでも母親のものでもなく、知らない男が自分に覆いかぶさってきているという、陰惨なものだ。

だが、レドは何も思わなかった。それが当たり前のことだったから、何も疑問に感じなかった。

ただ……幼心に、自分を抱いている男たちが、社会的にかなり高い地位にいるらしいということを感じ取っていた。

十歳のときだった。

「ねぇ、おじ様」

事が済んだ後、余韻に浸る貴族の男に、何気ない調子で、レドは問いかけた。

「さっきのおじさんから、武器を買うの？」

「こらこら、おまえには関係のないことだ」

貴族の男は苦笑いを浮かべたが、唇の端が引きつっていた。それでレドは確信する。

間違いない。これは汚職事件だ。

この貴族は不公正な形で、あの武器商人から武器を購入することを決定したのだ。武器商人はその見返りとして、レドを貴族に与えられたのだ。

レドは早熟だった。早熟すぎたと言っても、いいかもしれない。

レドは理解したのだ。いま自分が手にした情報に、価値があるということを――。

そこでレドは、この情報を裏社会で売りに出してみることにした。

レドは、男娼仲間の情報網を使って、とある情報屋を、町外れの廃屋に呼び出した。

「なんだ……ガキに用はねぇ。情報を持っているやつを早く出せ」

情報屋の男は、さして興味はないと言った風に、レドに言った。

「情報を持っているのは、このオレだ」

「はぁ？」

「貴族の汚職を知りたいんだろ？」

「――証拠はあるんだろうな」

「このカフスボタンでどうだ？」

「――！　この紋章は、たしかにあの貴族のもの……！　どこでこれを!?」

「某ホテルのスイートだ。やつはオレを抱き、その見返りとして、武器商人に、大口の取引を約束した」

「はっ、おまえ自身が証拠というわけか。いいだろう。金をやる。またよろしく頼むぜ」

「ああ」

金を受け取りながら、レドは、これはいけると直感した。

これを続ければ……オレは自由になれる。

しかし、まとまった金を定期的に得るためには、情報の絶対量を増やす必要がある。そのためには、クライアントが欲しい情報を即座に渡せるように、あらかじめプールしておくのが大切だ。毎度調査をする時間はないし、その都度の調査は危険だからだ。

そこでレドは、知り合いの男娼の子供たちでチームを作り、情報を集め、質を洗練させた。そしてそれらをクライアントへと売りさばいていった……。金はみんなで山分けだ。

同時に、情報を売るときには、無関係の仲介者を多数、挟むようにし、男娼の子供たちと情報が紐づかないように細心の注意を払った。元締めはレドだったわけだが、そうだとわからないようにネットワークを組むように腐心した。

レドは金を貯めながら、着々と、逃走の計画を準備していった。新しい身分証を偽造し、戸籍だけの親を用意し、正規の社会に溶け込めるように、自分の身分を整えていった。

レドの望みは大きくなかった。

ただ自由な生活をしたい。自分の意志ですべてを決め、誰にも指図されず、嫌なことは嫌だと言える……そんな当たり前の生活をしたいと、ささやかな望みを抱いていた。

チームのみんなで一緒に――。

すでに、レド一人だったら、自立できるだけの準備はできていた。けれどレドとしては、仲間たちが全員、自立できるようにしたかった。

ここまで来られたのは、レド一人の力ではない。だから、みんなで一緒に、この暗い世界から脱出しようと、そう考えていた。

そして――十三歳のとき。

それは起こった。

いつものようにレドは、ホテルの一室で客が来るのを待っていた。

だが入ってきたのは、みすぼらしい格好をした男だった。どう考えても客ではない。

身の危険を感じたレドは、咄嗟に窓から飛び出そうと走り出した。だが、相手の動きのほうが圧倒的に速かった。

腕を掴まれ、そのまま床に組み伏せられる。

顔を床に押しつけられ、レドは身動きができなくなった。

「レド・オフェン。少年男娼チームの元締め。裏で上流階級の情報を売りさばき、富を築いてきたガキ……」

「誰に……聞いた。誰が、情報を……」

何人もの貴族、富豪たちの顔が頭の中をよぎった。彼らの中で、レドが情報を売ったことで酷い目にあったやつは数知れない。

だが、少年男娼と情報が紐づかないように細心の注意をしていたはずだ。

きっと仲介者の誰かが、情報を漏らしたのだ。貴族に買収でもされたのかもしれない。

レドは心の中で嗤った。

レドが消えれば、男娼仲間たちは、情報を漏らしたやつを探し出し、死が救済になるような方法で嬲り、殺す。せいぜい、苦しんで死ねばいい。

オレたちは仲間なんだ。

みんな日陰者で、泥水をすすることで生きてきた。みんなで頑張って、太陽の見える世界で暮らすために戦ってきた。

だから――

「恨むなら仲間を恨むんだな・・・・・・」

「――何？」

男の言葉を、レドは咄嗟には理解できなかった。

仲間を恨む？　いったいどういう意味だ？

「おまえのチーム、人数はたかだか十人ちょっとだろう。やつら全員を買収した・・・・・・・・」

「!?」

いや、惑わされるな。こいつは敵。オレに嘘の情報を与えて、混乱させようとしているだけだ。

「嘘をつくな。そんなことできるはずない」

「はは。おまえが仲間だと思っているやつらが何て言ったか、教えてやろうか？・・・・・・・・・・・・・・・・・・・・みんな口を揃えてこう言ったよ。全部レド・オフェンの指示でやった。やつがいなければ、俺たちは何もしなかっただろうってな」

「嘘だ……そんなこと…………！」

「実際、その通りだろう。あいつらはおまえがいなければ何もできない。何の脅威でもない。怖いのはおまえだけ。だからここで死んでもらう」

嘘だ、違う、ありえない。

だって、あいつらは仲間だ。仲間がどうして裏切る？　みんな同じ境遇で、身を寄せ合って頑張ってきたのに、どうして……。

自分さえ生き残れれば、それでいいっていうのか！？

オレもそうするべきだったって言うのか？　抜け出す準備ができた段階で、あんなところからおさらばしておくべきだったと、そういうことなのか？

後頭部に銃口が押しつけられる。

レドは自分に死が訪れることを覚悟した。

銃声――。

だが倒れたのはレドではなく、男のほうだった。

どさり、とレドに覆いかぶさるように男が倒れる。

「…………？」

誰かがレドを、男の下から引きずり出した。

中性的な顔つきをした人だった。たぶん、男。ただ、女性だと言われても不思議に思わないほど、整った綺麗な顔をしていた。

彼の後ろには、地味な色だが仕立てのいいスーツを着た男が二人、立っている。そのうちの片方が拳銃を握っていた。彼の部下だろう、とレドは思った。

「レド・オフェンね？」

「そうだが……おまえは誰だ」

「私はカノン・マルディーニ。お初にお目にかかるわね、幻影の毒牙《シャドウ・ヴェノム》」

「シャドウ……ヴェノム……？」

「裏社会ではもっぱらの噂だった。貴族を破滅に陥れる、闇の情報を売りさばく者がいるって。何者なのかはわからないけれど、確実に存在し、牙を剥いたかと思うと、幻影のように消える……」

「…………」

「よく素性を隠していたと思う。まさか、こんな少年が、その毒牙だとは誰も思っていなかったもの。今回、仲介者から情報が漏れて、少年娼婦たちが買収されなかったら、ずっとわからなかったかもしれない」

感心するように言うカノンを、レドは無感動な目で見上げた。

「どうしてオレを助けた」

「その能力、いまここで散らすのはもったいない。私のもとで働きなさい。その代わり、あなたを太陽の見える場所まで連れていってあげる」

「…………。わかった。いや、わかりました、と言っておこうか。あんたの下で働くんだからな」

「ふてぶてしいのね。気に入ったわ」

こうしてレドは、カノンのもとで働くことになった。

カノンの手引きで軍学校に入学し、優秀な成績で卒業すると、ブリタニア軍に入隊。すぐに騎士としてナイトメアフレームのパイロットとなった。

皮肉な話だった。

仲間たち全員から裏切られた結果、レドは普通の世界へと上がってくることができた。こんなことなら最初から一人で出てくれればよかったのかもしれない、と思うこともある。

なぜなら、レドは、完全に闇から逃れられたわけではないからだ。結局、カノンのスパイとして枢木卿を調査している。

そしてさらなる皮肉は、そうすることで、自分を仲間だと言ってくれた人を裏切り続けているということだ。

❖　❖　❖

「……。友情ごっこをしているのは、オレのほうだ」

ぎりり、と歯を食いしばるレド。

苛立ちをぶつけるようにして、レドは操縦桿を動かした。レドの乗るヴィンセント・ブレイズが、目の前に現れた敵ナイトメアフレーム——グラスゴーを、槍《ランス》で貫く。

シュネーは仲間などではない。枢木スザクを調査するための、いわば駒だ。本物の鈴《レド》の露見を防ぐための隠れ蓑。そのために配置された存在じゃないか。

レドは上手くやっている。シュネーに、レドは仲間だと思わせることができたのだから。

貴族や富豪たちの心に取り入ったのと、同じことだ。

なのに……なのに…………。

「くそっ」

また一機、グラスゴーを叩き切った。

「どうしてこんなに……」

胸が苦しいんだ。

枢木スザクを調べることが——シュネーを裏切ることが、どうしてこんなに辛いんだ。

どうして……！

《レド‼　後ろだ‼》

シュネーからの通信で、レドは我に返る。

「⁉」

一機のグラスゴーが突然視界に入ってきた。

壊れたビルの三階から、急降下するような形で、スタントンファーを振り下ろしてくる。

ほとんど自滅覚悟の一撃で、レドの乗るヴィンセント・ブレイズは回避不可能に思われた。

——死ぬのか、オレ?

こんなにも呆気なく、オレの人生は終わるのか?

ふふっ、とレドは頭の中で自嘲気味に笑った。

何とも似つかわしい死に方じゃないか。結局、社会の暗部から抜け出ることはできなかった存在。本当の仲間など得られなかった一匹のネズミ……。

それに、死ぬのも悪くない。

死んでしまえば、もう何も辛いことなんてないのだから。

レドは安堵とともに目を閉じようとした。

その瞬間——。

レドの脳裏に、数々の光景がフラッシュバックした。

「君たちのことだよ」

と言った枢木スザクの、照れ笑い。

そして白《ベ》ロ《ラ》シ《ル》ア《ーシ》戦線、シュネーを救ったときの鬼のようなランスロットの姿。

どちらが本当のあなたなんですか……？

「私はレドのことを仲間だと思っている」

と言ったシュネーの真剣なまなざし。

バカなやつだ。オレはおまえが敬愛している人を監視しているっていうのに……。

――不思議な感覚だった。

二人のことが脳裏に現れた瞬間、思ったのだ。
・・・・・・
死にたくない。
・・・・・・
生き残りたい……！

《おおおおおおお‼》

それは、信じられないほどの反応速度だった。

ヴィンセント・ブレイズは槍《ランス》を振り抜き、グラスゴーを一刀両断。

グラスゴーは爆散。

だが、グラスゴーの最後の一撃がヴィンセント・ブレイズのボディに直撃。ヴィンセント・ブレイズは転倒した。

衝撃で、視界がブラックアウトした。

「う……」

目を開くと、少年の顔が二つ、視界に飛び込んできた。

キリッと引き締まった、枢木スザクの顔と、一瞬少女と見まがうほど整った、シュネーの美貌。

「ふぅ……まったく、ヒヤヒヤさせるやつだ」

シュネーがため息をつきながら苦笑する。

「オレは……いったい」

「グラスゴーの攻撃による衝撃で、コックピット内で頭を強く打ち、気を失っていたんだ。命に別状はないということだ」

スザクが説明してくれる。

「ご心配、おかけしました」

恐縮するレドだったが、

「いいんだ、無事ならそれで」

スザクは笑顔でうなずいた。

「……はい、ありがとうございます」

彼につられたのだろうか。

レドもまた、そう答えたとき、笑顔になっていた。

ほとんど表情の動いていない、唇の両端が少しだけ引き上げられただけの、ささやかなものだった。けれどそれは紛れもなく笑顔だった。

そしてこれが、レドが彼らに初めて見せた笑顔だということに、スザクもシュネーも——それからレド自身も、気づいてはいなかった。

▶Side:スザク
第7話「喪失」
Side:SUZAKU

「ルルーシュ。君の嘘を償う方法は一つ――。その嘘を本当にしてしまえばいい」

「!?」

枢木神社――。

地面に倒れた少年――ルルーシュ・ランペルージに、枢木スザクは語りかける。

「君は正義の味方だと嘘をついたな? だったら、本当に正義の味方になってみろ。ついた嘘には、最後まで」

「しかし……どうすれば」

スザクは倒れたルルーシュのそばにひざまずく。

「この戦いを、終わらせるんだ。君がゼロなら……いや、ゼロにしかできないことだ。世界が平和に――みんなが幸せになるやり方で。そうすれば、ナナリーを」

手を差し伸べるスザク。

「助けて……くれる?」

「ナナリーのために、もう一度、君と」

「——！　すまない……おまえとなら、どんなことでも……」

手を伸ばすルルーシュ。

二人の手が触れるかに思われた、その瞬間。

二人の手の絆——それを一発の弾丸が、引き裂いた。

黒いナイトメアフレーム——ガレスが、降り立つ。

「こ、これは⁉」

突然の出来事に、戸惑うスザク。

《そこまでだゼロ！　すでに正体は知られているぞ！》

「ご無事ですか⁉　枢木卿⁉」

「お下がりください」

兵士たちが、わらわらと集まってくる。

スザクの目の前で、ルルーシュを取り押さえた。

「スザク……！」

ルルーシュの目には絶望と憎悪の感情が燃えていた。

「おまえ、はじめから‼」

「待ってくれ！」

スザクは兵士たちを止めようとする。

──違う、僕は、そんなつもりじゃ……！

自分の気持ちを伝えようと、ルルーシュのもとに進もうとするが、その肩に手が置かれ、制止される。

手の主は、カノン・マルディーニ──。

「立派な功績をあげられたわね、枢木卿。これで戦争は終わったわ」

「そうか……俺をまた売り払うつもりで……裏切ったなスザク！　俺を裏切ったなあああああああ‼」

捕らえられ、装甲車の中へと、ルルーシュは引きずられていった。

そんな彼を、スザクはただ茫然と見つめることしかできない。

──違う、違うんだ、ルルーシュ。僕は君と、もう一度……。この戦争を、ただ終わらせたかっただけで……。

「どういうことなんですか、これは……」

震える声で、スザクはカノン・マルディーニに問う。

両手を、握りしめながら。

「あなたは上手に私たちを欺いていたと思っていたのかもしれない。けれど、シュナイゼル殿下には、通じなかったわね」

「シュナイゼル殿下……？　そ、それじゃあ……！」

「そう……すべて、シュナイゼル殿下のご命令よ」

静かに真実を突きつける、カノン。

「あなたをつければ、その先にゼロがいると……」

「……！」

絶望的な表情で、スザクはカノンを見つめる。

「殿下は気づいておられたのよ。あなたとゼロは、ただならぬ関係だとね」

❖　❖　❖

エリア11――政庁。

レド・オフェンは、自室で出撃準備を整えている際に、その電話を受けた。

《レド》

――カノン・マルディーニからの電話を。

レドの飼い主であり、生殺与奪権を持つ者からの、連絡を……。

《あなたの報告どおり、枢木スザクの足取りをたどったら、ルルーシュ・ランペルージに行き着いたわ》

「では、やはり奴がゼロだということですか？」

《ええ、間違いなく》

レドの報告と、他の工作員の情報を総合した結果、ルルーシュがゼロだということ――そして彼が神聖ブリタニア帝国、元第11皇子ルルーシュ・ヴィ・ブリタニアの可能性が高まり、今回、シュナイゼルは、ルルーシュの確保に踏み切ったのだ。

《ただ、ルルーシュを捕らえることには失敗したわ。ギルフォード卿の乱心が原因だけど……おそらく、あなたの報告にあった、あの不思議な力をルルーシュが使ったのね。ああ、そうそう、枢木が白状したわ。あの力――ギアスという力について。ゼロはその力を使って、アンフェアな戦いをしていた、と》

「……！」

ざらざらとしたもので、胸の奥をかきむしられたような気持ちになった。

《ただ、彼はまだ、何か隠しているかもしれない》

レドの気持ちを知ってか知らずか、カノンは話を続けた。

レドも何か言うわけではなく、ただ、いつものとおり、彼の言葉に耳を傾ける。

《枢木がルルーシュと関係があるのはわかった。けれど、なぜ機密情報局の者たちと行動を共にしていたのか……そもそも、なぜナイトオブセブンになれたのか……。不可解な点は多いわ。予定通り、調査を続行して》

「…………イエス、マイロード」

電話を切った後も、レドは端末を見つめていた。

自分の報告によって、スザクは、友――ルルーシュの秘密を、白状することになった。

ズキリ、と胸の奥が痛む。

――これが自分の仕事だ。これが、自分の、生き残るための唯一の手段なんだ。

何も間違ったことはしていない。

だが……。

あのとき——グラスゴーの一撃を受け、死を覚悟したときの気持ちが、蘇る。

仲・・間…………。

レドは心の底から願った。

もう、何も出てこないでくれ、と。

スザクやシュネーを裏切るような結果になる情報は、もう何も、出てこないでくれ……。

❖　❖　❖

超合集国決議第壱號——日本解放の要請を受け、黒の騎士団は神聖ブリタニア帝国の植民地、エリア11に対し上陸作戦を展開する。
九州沿岸に陣取る、ナイトオブワン——ビスマルク・ヴァルトシュタインに対し、総司令黎星刻《リーシンクー》率いる主力部隊が激突。それを陽動として黒の騎士団の別働部隊は、トウキョウ租界に向けて進撃を開始した。

しかし、待ち受けるシュナイゼル軍に、大量破壊兵器フレイヤがあることを、この時点ではゼロをはじめ、黒の騎士団側は誰一人として、知る由もなかった。

❖　❖　❖

「レド。遅かったな」

レドは政庁のドックに着くなり、シュネーに声をかけられた。

「……ああ」

「どうした？　元気がないな？　大丈夫か？」

レドはハッとする。

シュネーに気づかれるほど、自分は、気落ちしていたのか……。

「──元気がない？　愛想がないの間違いじゃないか？　それならいつものことだ。心配いらない」

「はぁ、まったく。そう言って、また茶化す」

シュネーは肩をすくめた。

「まあその様子なら、大丈夫か。とにかく、気を引き締めていこう。ブリタニアとしても、今回の戦いは、絶対に後れを取るわけにはいかないからな」

「言われなくても……」

そのとき、ふっ、とドックの照明が落ちた。

「……！　これは……⁉」

シュネーが声を上げる。

電源が落ちたのだ。

すぐに非常灯が点灯し、薄暗いながらも辺りが見えるようになる。

直後、シュネーとレドに連絡が入った。

スザクからだった。

《シュネー、レド。黒の騎士団がゲフィオン・ディスターバーを使用し、トウキョウ租界のライフライン、通信網、第五世代以前のナイトメアが機能停止した》

「ついに来たんですね……！」

シュネーは目を見張る。

《シュネー。自分はアヴァロンから出て、主力をたたく。君は政庁周辺を守って

くれ。敵の狙いはナナリー総督だ。総督のことを、頼む》
「お任せください」
シュネーはナイトメアフレーム――ヴィンセント・スナイパーへの操縦席へと登った。
「オレはどうすれば？」
《レドは、いったん待機だ。敵の動きを見て、第二陣として出撃させる予定だと、シュナイゼル殿下がおっしゃっていた》
「イエス、マイロード」
《じゃあ二人とも、よろしく頼む》
通信が切れる。
《では、私は先にいく》
「ああ」
レドは、移動していくヴィンセント・スナイパーへと軽く手を振り、見送った。
――レドは第二陣。表向きは、次の戦力投入の際に、行くことになっている。
だが実際は、別の任務がある。

今回の混乱に乗じて、政庁のシステムに介入し、機密情報局がらみの情報をサルベージするのだ。

❖　❖　❖

浮遊航空艦アヴァロンから出撃した、ランスロット・コンクエスターは、黒の騎士団の主力部隊に向けて、単身で飛翔した。

目指す先は、ゼロの搭乗するナイトメアフレーム——蜃気楼。

ランスロットは、まっすぐ敵将の機体へと突き進んでいく。

——ルルーシュは……ゼロは僕が償わせるしかない。

枢木スザクは、悲壮な決意を胸に機体を操縦する。

親友の息の根を止めるために……。

だが、間に割って入った機体があった。

ジェレミア・ゴットバルトの操る、サザーランド・ジークだった。

さらに、ギルバート・G・P・ギルフィードの乗るヴィンセントも加勢してきた。

ゼロは、ここで枢木スザクを討つつもりのようだった。

圧倒的な劣勢の中、戦闘を繰り広げる、ランスロット。

しかし、ほどなくして、サザーランド・ジークにランスロットが捕まってしまった。

ついにランスロットが落とされるか――そう見えた瞬間。

《ナイトオブラウンズの戦場に、敗北はない！》

空を駆る一機の戦闘機……。

それは瞬時にナイトメアフレームへと姿を変え、サザーランド・ジークに刃を振り下ろした。

ジノ・ヴァインベルグの操る、トリスタンであった。トリスタンによって、ランスロットは窮地を救われた。

続々と集まってくる、両軍のナイトメアフレーム。

――第二次トウキョウ決戦の開幕である。

❖　❖　❖

レドはドックを離れ、そのまま、政庁の奥へと、進んでいく。

非常灯で照らされた薄暗い通路を、息をひそめながら歩く。

管制ルームの一つに、レドは侵入した。黒の騎士団による襲撃のゴタゴタで、人が出払っている――そんな場所を探し出した。

「シュナイゼル殿下の作戦の通りに進んでいれば、そろそろ……」

レドがつぶやくと、電源が復旧した。

ブリタニア軍がゲフィオン・ディスターバーの装置を破壊した結果、政庁の電源が、一部、回復したのだ。

レドは政庁の端末に自身の端末を接続し、ハッキングを開始する。

主に、個人端末の通信データを収集し、その中から、枢木スザクの端末のデータを探し当てる。

大量のデータ群を取得。

ソフトを走らせ、不審なデータがないか、その場で確認する。

一つ、目を引くデータがあった。

通信相手は不明《アンノウン》。
このアンノウンと枢木は、頻繁にやり取りをした形跡があった。
さっそく、データの一つを再生してみる。
《枢木。シャルル皇帝から勅命だ。エリア11へ向かえ。エサの確認を任せる、とのことだ》
《――イエス、マイロード》
この声は……。
声紋を分析。
枢木の電話の相手は、ビスマルク・ヴァルトシュタインだった。
――皇帝からの勅命。エリア11。エサ。
エサというのは、おそらく、ルルーシュ・ランペルージのことだ。
これは……つまり……。
枢木は、皇帝から直接指示されて、ルルーシュを監視していたのだ。
だが、なんのために？　エサということは、何かをおびき出すためのもの……。
彼がゼロだとわかっていたうえで、泳がせてまで、ほしかったもの。

非常に重要な情報だ。

同時に、この情報をシュナイゼルが得たら、スザクはタダでは済まない。

どんな方法を使ってでも、必要な情報を吐かせるのではないか。

❖　❖　❖

政庁の上空では、激しい戦闘が繰り広げられていた。

ジノ・ヴァインベルグのトリスタン、アーニャ・アールストレイムのモルドレッド、そしてルキアーノ・ブラッドリーのパーシヴァルとグラウサム・ヴァルキリエ隊が、徐々にゼロ——蜃気楼を追い詰めていく。

その激戦のさなか——シュネーもまた、搭乗機であるヴィンセント・スナイパーを操り、政庁を守るために、戦っていた。

制空権を奪い取るために襲い来る黒の騎士団軍——千葉機、朝比奈機、そして暁の群れ。

グラストンナイツとともに、シュネーの部隊は、黒の騎士団の猛攻を抑える。

「くらえ‼」

正確無比なライフルの一撃で、敵機を一機ずつ、撃墜していく。

しかし、敵は湧くように現れる。

「くっ……切りがない。しかし――」

シュネーはマップを見る。

シュナイゼルの指揮のもと、トウキョウ租界内に巣食うゲフィオン・ディスターバーが一つずつ破壊されていっている。それに伴い、ブリタニア軍の戦力は続々、回復している。

そう、この戦いは、守りの戦だ。ここを守り抜けば、ブリタニア軍は勝利できる――。

実際、じりじりと敵軍の状況が悪くなっていくのが、手に取るようにわかった。

「耐えろ。そうすれば、いずれ……」

果たしてそのとき、ルキアーノのパーシヴァルとヴァルキリエ隊が、ゼロの蜃気楼に、引導を渡そうとしていた。

四肢をヴァルキリエ隊のスラッシュハーケンによって拘束された蜃気楼。

その心臓部めがけて、ルキアーノのパーシヴァルが、ルミナスコーンを突き刺そうとしていたのだ。

《さあ、おまえの大事なものを飛び散らせろ！》

――だが、たった一機のナイトメアフレームによって、戦況が変わってしまうとは、このとき、シュネーを含め誰も思ってはいなかった。

爆音――。

政庁の壁がはじけ飛び、そこから一筋の赤い光が空を切り裂いた。

深紅のナイトメアフレーム――紅蓮聖天八極式。

ロイドとセシルによって強化の限りを尽くされたそれが、いま、まっすぐゼロのもとへと突き進んでいた。

紅蓮は、一瞬でゼロのもとまでたどり着くと、四機のヴァルキリエ隊を高速で攻撃。

爆散する、ヴァルキリエ隊。

《先日はどうも。ブリタニアの吸血鬼さん》

《ほお……》

おもしろいものでも見るように、ルキアーノは、その赤い機体に視線を投げる。

《ゼロ親衛隊隊長、紅月カレン！　ただいまをもって、戦線に復帰しました！》

シュネーは、遠くからモニターでこの状況を目撃していた。

「あのヴァルキリエ隊が一瞬で……？」

黒の騎士団から奪った赤いナイトメア――。

あれを乗りこなしている者がいるとしたら……。

「スザクさんが危ない！　私も加勢しよう！　なんとしても、あの赤いナイトメアを止めなければ……！」

しかし彼の前には、暁の群れが立ちはだかった。

「く……紅蓮の参戦を好機として、一気に攻め落とすつもりなのか……！　ここを離れるわけにはいかない。政庁を落とされたら本末転倒だ。誰か、戦える者は……そうだ、レド！」

シュネーはレドに通信を飛ばす。

「レド……！　応答してくれ！　スザクさんが危ない！　……レド！　くっ、つながらない！　何をやっているんだ、あいつは！」

シュネーの声は、戦闘の騒音にかき消された。

後編

《枢木。シャルル皇帝から勅命だ。エリア11へ向かえ。エサの確認を任せる、とのことだ》
《——イエス、マイロード》
「…………」
レドは政庁の管制ルームで、入手した音声記録に、じっと耳を傾けた。
ナイトオブラウンズは皇帝直属の騎士——。この程度のつながり、あって当たり前では？
だったら、報告したところで、大きな問題は……。

「みんな口を揃えてこう言ったよ。全部レド・オフェンの指示でやった。やつがいなければ、俺たちは何もしなかっただろうってな」

レドの頭をよぎる、裏切りの言葉。

やつらと全く同じことをしている、自分――。

本当に、それでいいのか？

自分だけが助かれば、それでいいのか？

自分は博愛主義じゃない。すべての人を救おうなんて、わけのわからないことも考えていない。

ただ平穏に、暮らしていきたかっただけ――。

「ちょっと話は変わるけれど……今度レドも、私の故郷《うち》に来てみないか？　スザクさんも誘ってさ」

――平穏、という言葉を思い浮かべた瞬間、シュネーの声が耳によみがえってきた。

「いいんだ、無事ならそれで」


シュネーの声に誘《いざな》われるようにして、スザクの声もこだまする。

レドは嫌でも気づいてしまった。

いつの間にか、レドにとっての平穏な暮らしの中に、枢木スザクと、シュネー・ヘクセンが、不可欠な存在になっていたことに。

気づかなければ、何も苦しくなかった。

けれど気づいてしまったのだ。

もはや、後戻りはできない。

――オレは、もう……彼らを裏切りたくない。

「…………」

レドは端末を操作し、音声データを消去した。

ふぅ、と息を吐く。

「これで、いいんだ」

小さく、つぶやく。

――レドは覚悟した。

おそらく、近いうちに自分は死ぬだろう。

このデータを消したことは、いずれシュナイゼルに知られる。レドが裏切ったとわかれば、シュナイゼルは躊躇なく、レドを消すだろう。

だがレドは、肩の荷が下りた気持ちだった。

自分は、たしかに死ぬ。

しかし最後の最後で、友人への裏切りをやめることができた。

――これでいいんだ。

そのとき、端末にシュネーからの連絡が入った。

《レド！　どこにいる⁉　無事か⁉》

「……ああ。いま、政庁の中だ」

《政庁の中？　なぜだ？》

声から困惑している様子が伝わってくる。

「……ナナリー総督を守るためだ。少し、イレギュラーが生じて、内部に潜入していた。いまはその問題も解消している」

《そうか。だったらこちらを援護してほしい。スザクさんが大変なんだ。鹵獲した赤いナイトメアが黒の騎士団に奪われた》

「なんだって……⁉」

レドはすぐにドックへと走った。

❖　❖　❖

《質問。あなたの大事なものは何？　自分の命だけなの？》
紅蓮聖天八極式の巨大な右手が、パーシヴァルの頭を掴んでいた。
《脅しのつもりかイレヴンが‼》
《――さよなら》
輻射波動が展開。

《奪われる、私の命が……あああああああ‼》

「ブラッドリー卿が……やられた……」

シュネーは愕然とした。

「ラウンズすら、赤子の手をひねるように倒せるというのか……⁉　やはり性能が違いすぎる。あれでは無理だ。いくらスザクさんでも……」

しかしシュネーのヴィンセント・スナイパーは、眼前の敵を処理するのに手こずり、加勢することができずにいた。

「くっ……政庁を守り切るだけで、精いっぱいだ……このままでは……」

そのとき、シュネーの目の前で、数機の暁が爆散した。

レドの操るナイトメアフレーム――ヴィンセント・ブレイズが槍《ランス》で一掃したのだ。

「レド！」

《悪い、遅くなった》

「問題ない。ここは私の部隊が守る。レドは、スザクさんを頼む！」

《了解だ！》

ヴィンセント・ブレイズは身をひるがえし、ランスロット・コンクエスターのいる戦場へと、移動を開始する。

と、

《なあ、シュネー。こんなときに言うことじゃないんだが……》

「どうした、レド？」

《オレに万一のことがあったら、オレの自宅の机を調べてくれ。そこに、レポートがある》

「何だよ急に……」

❖　❖　❖

《カレン、どくんだ！》

ランスロット・コンクエスターが、ハドロンブラスターを発射する。

《どけないよスザク!!》

紅蓮聖天八極式が、輻射波動で防ぐ。

《防いだ⁉　ハドロンブラスターを》

❖　❖　❖

「重要なことなんだ」

レドは、言った。

《わかった……。だが、簡単に死ぬなよ。私はまだ、君を実家に呼ぶことを諦めていないんだから》

「何だ、それは」

眉をひそめる、レド。

そのとき、ヴィンセント・ブレイズの眼前に、暁が数機、出現する。さすがに簡単には進ませてくれないらしい。

槍《ランス》をかまえ、戦闘を開始するヴィンセント・ブレイズ。

戦いながら、つぶやくように言った。

「だが、そうだな……たまには田舎で休暇を過ごすのも、悪くないか……」

《ははっ、なら、決まりだな。スザクさんと二人で来るんだ。絶対だぞ？》

「――ああ」

――もしも……もしも、この戦いを生き延びることができたら。

今度こそ、オレは、本当の仲間と……。

❖　❖　❖

《ち、違いすぎる……。マシンポテンシャルが……》

スザクの心を、絶望が覆いつくす。それほどまでに、紅蓮聖天八極式の力は、圧倒的だった。

紅蓮の右腕部がケーブル上に伸び、まるで生きた別の個体のように、ランスロットに襲いかかる。

ブレイズルミナスで防ぐが、ほとんど無駄な抵抗と言ってもよかった。

左腕が落とされる。

左足も……。

《……！　勝てない……》
やがてランスロットの武器は、すべて奪われた。
《さよなら、スザク》
紅蓮、右腕部で輻射波動を展開。
《撃ってよフレイヤを！　あなたも助かるのに！》
ニーナの叫びを聞きながら、スザクは思う。
――でも、それだけはダメだ……！
襲い来る、紅蓮の右腕部。
それがスザクには、スローモーションに見える。
――たとえ、ここで死ぬとしても……。
そうだ、これが償いなんだ。
受け入れるしかない。ここで……僕は……。

そのとき……。

枢木スザクの頭の中で一つの言葉がこだまする。

『生きろ』

その声の主はゼロ――ルルーシュ。

ギアスの呪いが彼を悪魔に変える。


「ぼ、僕は……生きる！」


ランスロット・コンクエスターが消えた。

ありえない反応速度で、ランスロットは紅蓮の魔の手から逃れ、一丁の銃を右手で展開。

引き金を、引いた。

❖　❖　❖

レドは真っ先に、それに気づいた。

枢木スザクがフレイヤを撃った。

方向は政庁。

その先には……。

「シュネー‼」

❖　❖　❖

シュネーもまた、フレイヤが発射されたことに、すぐに気づいた。

枢木卿、なぜ……⁉

「フレイヤだ！　引けえええええ‼」

部隊全体へと、シュネーは通信を飛ばし、あらん限りの声で叫んだ。

また、自分自身も全力で後退した。

だが、数本のスラッシュハーケンが、ヴィンセント・スナイパーの足を拘束する。

「⁉」

黒の騎士団の暁が数機がかりでシュネーを捕まえていた。

彼らはフレイヤのことを知らない。きっと逃げようとして隙ができたシュネーを捕まえようとしただけなのだろう。

だがその安易な戦法が、シュネーを致命的な状況に陥らせた。

しかし、

「私にかまうな！　引け‼」

シュネーは叫ぶ。

――戦場で死ぬのは恥ではない。私はコノエナイツとして、立派に逝ければ、それで……。

《シュネー‼》

突然、拘束が解かれた。

スラッシュハーケンがすべて切り離され、動けるようになっていた。

直後、衝撃が走る。

一機のナイトメアフレームが、シュネーのヴィンセント・スナイパーに体当たりをしてきたのだ。

そのナイトメアフレームは、ヴィンセント・ブレイズ――。

「⁉　レド‼」
《シュネー！　おまえは死ぬな！》
直後、閃光が、トウキョウ租界を呑み込んだ。

❖　❖　❖

レドは思った。
光に、呑み込まれながら。
これは……報いか。
だが、悪くない。
スザクの秘密を墓場に持っていけるのなら、それは本望だ。
――スザクさん、よろしく頼みます。
世界を、シュネーを……。

❖　❖　❖

「——！ レド、おい、レド……！」

我に返ったシュネーは、真っ先に、レドへと通信を飛ばした。

だが、返事はない。

——No Signal

通信機の画面には、無慈悲な文字が表示されていた。

「あ……あああ…………」

外に、目をやる。

視界に入ってくるのは、爆心地の様子。

政庁があった場所を中心にして、ポッカリと空いた穴……。

「どうして……どうして戻ってきた！ 友情ごっこなんて、茶化していた君が、どうして……！」

シュネーは操縦桿を握りしめ、慟哭する。

❖ ❖ ❖

枢木スザクは、一人、爆心地に佇んでいた。

「こんなところにいたんですか」

声をかけられる。

シュネー・ヘクセンの声だった。

「……」

しかしスザクは、顔をそちらに向けることはせず、ただじっと、爆心地にたまった水を見つめていた。

「レドが死にました。聞いていると思いますが」

「…………」

スザクは、やはり答えない。

「レドだけじゃない。戦場にいた者たちが、敵味方問わず大量に亡くなりました。一千万規模の市民が犠牲になりました」

「…………」

「スザクさん……これが、あなたの理想なんですか？　無辜の民を虐殺することが。敵味方の区別なく、殲滅することが…………」

スザクは、黙ったまま――。

シュネーはそんなスザクの肩を掴み、無理矢理自分のほうを向かせた。

「何か言ってください！　理由があるんでしょう？　ああしなければならなかった理由が……！　あなたはおっしゃった。たしかな理想が、以前はあったけれど、あなたの手から、零れ落ちてしまった。それをいま一生懸命、集めている、と……。これも、その理想の――」

「そんなわけ、ないだろう」

「……‼」

絶望に歪む、シュネーの表情。

「じゃあなぜ、フレイヤを撃ったんですか」

「……君に言っても、わかってはもらえない」

「生きろ」というギアス――

呪いの、言葉……。

シュネーは、何も知らない。説明したところで理解してもらえないだろう。

第一、呪《ギアス》いを言い訳にすることを、スザク自身が許せない。

本来なら死ぬべきだったのは、自分ひとり。

あのとき、カレンに倒されて、終わっていたはず……。

死ぬ必要のない人々が一千万も死んだのだ。

「……ははは。結局、私たちは、その程度の関係だったと、そういうわけですね」

シュネーは、乾いた笑い声をあげると、

「枢木卿」


冷めた瞳で、スザクを見返した。

「私は、今日限りで軍をやめようと思います。私は、このような虐殺を看過することはできません。あのような兵器を作り出した軍に対しても、不信感があります」

「……そうか」

「お世話になりました」

スザクに背を向け、歩き出すシュネー。

そんな彼に、スザクは、背を向けたまま、声をかける。

「シュネー。いままで、ありがとう」

「……」

一度足を止めるシュネー。

沈黙が、二人を支配する。

結局シュネーは、スザクに返事はせずに、そのまま歩き出した。


シュネーは爆心地から離れ、もうスザクへと声が届かないところまでくると、立ち止まった。

振り返り、遠くからスザクのほうを見つめる。

スザクは相変わらず、水たまりを見下ろしているようだった。

「スザクさん……」

シュネーの両目から、涙が流れ落ちる。

「ありがとう、ございました……」

数時間後――。

夕焼けに照らされながら、スザクは爆心地に立っていた。

「ふふふ……ふふふふふ……ははははは…………あははははははは‼」

狂ったような哄笑が、惨劇の跡地に響き渡る。

❖　❖　❖

軍をやめ、実家に戻ったシュネーは、レドの遺言を果たそうと、彼の自宅へと赴いた。

そこは、こぢんまりとしたアパートだった。

管理人に身分を示し、事情を説明すると、快く中を見せてくれた。レドには身寄りがなかったようなので、アパートを引き払う手続きなどを、レドが代わりに手配した。

「……結局、あいつのことを、私はほとんど何も知らなかったんだな」

必要最低限の物しか置かれていない部屋を見ながら、シュネーはつぶやいた。

レドの言っていた通り、机の中からデータディスクが見つかった。

すぐに端末に入れて読み取ろうとして、シュネーは躊躇する。

なんとなく……これを見たら、本当にコノエナイツが終わってしまう気がしたのだ。

シュネーは、データディスクを持ち帰っただけで、しばらくそのままにしておいた。

もやもやとした気持ちで過ごしているうちに、世界に激震が走った。

シャルル皇帝が亡くなり、新しい皇帝が台頭したのだ。

新皇帝——神聖ブリタニア帝国第99代唯一皇帝ルルーシュ・ヴィ・ブリタニアは、貴族制度を廃止した。

ヘクセン家も例外ではなく、爵位を失った。

しかし、代々、善政を敷いてきたからだろう、領民たちの信頼までは失わなかった。

混乱の時代だ。人々はリーダーを必要としていた。トラブルも多かった。シュネーの父、ヒンメルは身を粉にして働いた。実家に戻ったシュネーも、その右腕として奔走した。

感傷に浸っている暇などなかった。

ただ唯一、枢木スザク《ナイトオブゼロ》戦死の知らせを聞いたときだけは、一人、自室で涙を流した。

その後、シュナイゼルによる反乱軍が敗北し、ルルーシュが名実ともに唯一の皇帝になったとき、思ったものだ。

「スザクさん、これが、あなたの理想なのですか？　ルルーシュ皇帝による、恐怖政治が……」


そして――あの日。

ルルーシュ皇帝が死んだ日。

ゼロが、復活した。

だがなぜかシュネーは、ルルーシュ皇帝に向かって走るゼロに、枢木スザクの姿を幻視した。

きっとそれは、彼――ゼロこそが理想を体現した存在だったからだろう。

シュネーはそのとき、レドのレポートを読む決意をする。

時代は動いた。自分も、過去にとらわれているわけにはいかない。

レポートを読んだら、たしかにコノエナイツは終わるのかもしれない。しかし終わらせて、先に進むべきときが来たのだ。

そう思った。

ゼロが復活した日の夜、シュネーは自室で、あのデータディスクを端末に入れ、データを展開した。

そこにはメモのような文章で、さまざまな情報が収められていた。

枢木スザクとルルーシュの関係。

スザクと皇帝との関係。

そして……ギアス。

レドの見立てによると、枢木スザクはおそらくギアスにかかっていた。人間離れしたナイトメアフレームの操縦能力は、一部、ギアスの影響もあったのではないか、と書かれていた。また、スザクの不可解な行動にも、ギアスは一定の説明を与えるはずだ、と。

シュネーの頭をよぎったのは、スザクがフレイヤを発射し、エリア11を壊滅させたときのことだ。

フレイヤを撃った理由を尋ねても、スザクは「君に言っても、わかってはもらえない」と言って、取り合ってくれなかった。

それは、ギアスのせいでフレイヤを撃ったからなのではないか。だから、わかってもらえない、と判断したのではないか。

「…………」

シュネーは考える。

スザクは、もういない。

彼のいない世界で、自分に何ができるのか。

自分にできることは、ないのか。

「スザクさん。私は……スザクさんの目指した理想を、もう一度……」

——今度は誰かについていくだけではない。

自分自身の足で、理想を目指して歩いていこう。

シュネーは、ディスクのデータを閉じ、立ち上がった。

自分のやるべきことを、やるために。

Side: スザク　了

▶Side:スザク

エピローグ

Side:SUZAKU

アイダホ、ヘクセン市――。

モダンなオフィスの一室で、青年が電話打ち合わせをしていた。

「はい。承知いたしました。……はい。いえ、こちらこそ、ありがとうございます。では、引き続き、どうぞよろしくお願いいたします」

携帯端末を置き、青年――シュネー・ヘクセンは椅子に深く座り込んだ。

ヘクセンコーポレーションのオフィス、シュネーの個室である。

光和二年――。

悪逆皇帝ルルーシュが倒れ、世界に新秩序が生まれてから、二年目に入っていた。

いまだヘクセン市は、ヘクセン領と呼ばれることも多い。貴族制は皇帝ルルーシュによって廃止されたため、厳密にはヘクセン領ではないのだが、長い間の習慣は、なかなか抜けないものなのだろう。

また、元領主で現市長であるヒンメル・ヘクセンと、彼の経営するヘクセンコーポレーションに敬意を込めてヘクセン市と名づけられたのも、この街がヘクセン領と呼ばれ続ける理由かもしれない。それだけ、この街の人々は、ヘクセン家の人々を慕っているのだ。

シュネーの父であるヒンメルは商才があったようで、民主化に伴い領民が生活に困らないよう、元々質の良かったアイダホポテトをブランド化し、また加工した商品も独自の販売ルートを開拓して流通させていった。こうして、ヘクセン領は農業と加工の街ヘクセン市へと生まれ変わったのだった。

また、シュネーの妹のスノウは、アイダホポテトを使ったポテトチップス「ヘクセンチップス」のCMに出演したことでローカルスターになった。シュネーは兄として誇りに思うと同時に、何となくむずがゆい気持ちも覚えていた。

そのシュネーはというと、現在、ヒンメルの右腕として、会社を切り盛りしている。いまも商談を一つ、まとめたところだった。日本の企業から、「ヘクセンチップス」を輸入したいという連絡が入ったのだ。

「さて……父さまに報告に行くか。ちょっとお願いしたいこともあるし……」

シュネーは部屋を出て、社長室へと向かう。

社長室には、父ヒンメルのほか、なぜか母エーゲラと妹のスノウの姿もあった。

「あれ、母さま、スノウ?」

どうしてわざわざ会社に来ているのだろう、とシュネーが思っていると、

「聞いて兄さま! 私、テレビ番組に出ることになったの!」

「ビックリねぇ。ヘクセン家の者として、本当に鼻が高いわ」

スノウとエーゲラは機嫌良さそうに言った。

どうやら二人は、スノウのテレビ出演の報告のために、わざわざ会社を訪れたようだった。

「頑張ってるんだな、スノウ。僕も兄として誇りに思うよ」

「えへへ」

気恥ずかしそうに微笑むスノウ。

「スノウも立派だが、シュネー、おまえも立派だよ」

そう言ったのは、父ヒンメルだ。

「普段の働きはもちろんだが、三年前のテロ――あのとき、おまえと枢木卿の行動を見なければ、私たちは変われなかった。あのままの調子で行けば、ヘクセン

家は、いくたの没落貴族と同じ運命をたどっていただろう」

「……枢木スザクを褒めるような発言は、危険ですよ、父さま。彼は悪逆皇帝に与したのですから」

シュネーの表情がかげる。

だがヒンメルは穏やかに言った。

「民主化したのだから、気にする必要はない。思想信条の自由というものがある。私は枢木卿を今でも敬愛している。おまえと同じようにな」

シュネーは救われた気持ちになった。

「で、用件は何だ、シュネー？」

「はい。日本からの発注ですが……」

シュネーは日本の企業と打ち合わせた内容をヒンメルに話した。

「──わかった。諸々の進行はおまえに任せる」

「承知しました。それと、一つお願いが……」

「何だ？」

「今日は少しお時間をいただきたいんです。久しぶりに、友人の墓参りに行きたいので。よろしいですか？」

「もちろん構わん。最近ずっと働き通しだったのだから、ゆっくり休むといい」

「感謝いたします」

シュネーは一礼して、部屋を辞した。

「……兄さま、このごろ元気がないよね」

スノウが言うと、エーゲラもうなずいた。

「ええ。仕事はきちんとこなしているから、余計に心配ね。あなた、あまりあの子に無理させないでくださいよ？」

「わかっているさ。だがシュネーが働きたがるんだ。まるで、何かを忘れようと没頭するように……」

ヒンメルも心配そうに、シュネーの消えた扉のほうを見つめていた。


ヘクセン家の屋敷から少し離れた、小高い丘の上――。

大きな松の木のそばに、控えめな石の墓標があった。

刻まれた名は、レド・オフェン。

そこに彼が眠っているわけではない。ただ記憶を埋めただけの、象徴としての墓だ。

故人のためというよりは、今、生きている人間のために立てられた墓……。

シュネーは墓標の横に並ぶように腰を下ろし、丘の下に広がる自然を見下ろしていた。

まるで、レドと二人で並んで座り、大自然を眺めているかのように。

「久しぶりに休みが取れたよ。と言っても、緊急の連絡が来たら、また戻るんだろうけど。ヘクセンコーポレーションは、今日も順調だ。それから、スノウのテレビ出演が決まったんだ。このまま芸能関係の仕事に進むつもりなのかもしれないな。昔のヘクセン家では考えられない。時代は変わるものだ」

シュネーは墓標に語り掛けるように言った。

「なあ、レド。私が次期社長なのだそうだ。まったく、自分が商業をするなんて想像もしていなかったよ。これも祖国への貢献に繋がるのだろうか」

すでにシュネーは貴族ではないが、貴族の誇り《ノブレス・オブリージュ》を忘れたくないと思っていた。

「もしレドが社長に推薦されたら、きっとこう言うだろうな。『オレは社長なんて御免だ。シュネーに譲ろう』って。君はあまり、目立つのは好まないタイプだと思う。初めて会ったときも、そうだったものな」

シュネーは目を細め、遠くに視線を向ける。

「初めて会った日のことを覚えているか？　君は覚えていないかもしれないが、私は鮮明に覚えている」

シュネーが初めてレドに会ったのは、新兵の訓練のときだ。

その日は演習場で、ナイトメアフレームによる模擬戦が行われていた。

演習中、一機だけ、信じられない挙動をする機体があった。

その機体は、表向きは、他の機体との模擬戦で、勝ったり負けたりを繰り返していた。

しかし……

「私にはすぐわかったよ。その機体――レドの機体が、本当なら全勝できるところを意図的に負けて戦績をコントロールしていると。目立たないように、出る釘にならないように……。それでも君は、他のパイロットに罵られた。平民にしては勝率が良すぎる、ズルをしているのではないかと」

シュネーはそのときの様子を思い出し、ため息をついた。

「演習のあと、私は思わず君に話しかけた。君の実力を称えたくて。そうしたら君はこう言った。『友情ごっこがしたいなら、他を当たれ。オレには必要ない』と」

レドは初めて会ったときから、レドだった。

他者を遠ざけ、群れることを拒む。

「私も、なれ合いは好かないから、好感を持ったよ。君は真の実力者、という感じがした。人の価値を決めるのは、血筋ではないのだと知った。もちろん、私はスザクさんを最初バカにしていたから、あんまり偉そうに言えたものではないが……。思えばあのときから、君は、自分の立場を考えて、群れないようにしていたのだな。コノエナイツに任命されなければ、私たちは関わり合いにならなかったのかもしれない」

シュネーは肩を落とす。

「今ならわかる。私はスザクさんを油断させるためのダミーだった。軍人としては、圧倒的にレドのほうが優秀だったよ。君はどんな気持ちで、私を見ていたんだろうな？」

両手を握りしめ、シュネーは肩を震わせた。

「私は君のことを、何も知らない。もちろん、すべてを話す必要はない。話せないこともある。私たちに志がある以上は、な……。ただそれにしても、君と過ごした日々は、短すぎた……。もっと君を知りたかった。君と、もう一度、話がしたいよ………」

「死んだ者と話すことはできない」

「――！」

背後で声がして、シュネーは思わず立ち上がった。

振り返ると、黒衣の男が立っていた。

特徴的な衣装と仮面……。

「ゼロ……？　なぜ、こんなところに……？」

ゼロはシュネーの問いには答えず、シュネーの横に立ち、大自然を見下ろした。

自然と、シュネーも彼の隣に立ち、自然を見下ろしてしまう。

「死んだ者と話すことはできない」

ゼロはもう一度、同じ言葉を繰り返した。

「しかし、彼らが遺してくれた意志に想いを馳せることはできる。そう、今の君のように」

「……私には、わからないのです。レドの遺した意志がどういうものなのか。彼は何を望んだのか。あのとき、どうして戻ってきたのか。友達付き合いを避けていた彼が、なぜ私を助けてくれたのか……私は、生き残るに値する存在だったのか」

「生き残るに値しない命など、存在しない」

「――！」

ゼロの言葉に、シュネーは目を見張った。

「同様に、死んでいい命も存在しない。それなのに、命を失う人たちがいる。その意志を継ぐことこそ、生き残った者の使命だ。だから世界は……人々は、明日へと歩み始めた。遺されるということは傷つくこと……だが、傷を理由に明日から目を逸らすのは間違っている」

「……！」

痛いところを突かれ、シュネーは歯を食いしばった。

すべてを見透かされているような気がした。

――わかっている。私は、最も重要なものから、目を逸らしている。そのために仕事に没頭しているんだ……。

うつむくシュネーの肩に、ゼロが手を置いた。

「……？」

「明日から目を逸らしてはいけない。だから、僕が少し背中を押すよ。君が明日へ進めるように……」

シュネーの脳裏に、フラッシュバックしたのは、枢木スザクの微笑みだった。

弟を想うような優しげな笑み。

戦場で見せる顔とは真逆の優しさに満ちた顔――。

「あなたは……！」

その名を言おうとして口をつぐむ。

言ってはいけないと直感したから。

ゼロは小さく頷くと、シュネーに背を向け、歩き出した。

「私は……！」

シュネーは去っていくゼロの背中に、言葉を投げた。

「私は明日に進みます！　アイツがやれなかったこと、やりたかったこと、僕が代わりに全部やって見せます！」

その言葉は死んでしまったレドに届くような大きな声だった。自分の背中を押してくれた敬愛する人にも、届いただろう。

特撮用模型作例紹介

BANDAI SPIRITS ノンスケールABS&PVCモデル
ROBOT魂〈SIDE KMF〉サザーランド純血派機&一般機パーツセット改造

サザーランド シュネー・ヘクセン機

製作／コボパンダ

シュネー・ヘクセン専用のサザーランドを、ROBOT魂 <SIDE KMF> サザーランドをベースにコボパンダが製作。特徴である高精度照準システムおよびスナイパーライフルを追加工作。専用カラーを塗装で再現している。

▲ROBOT魂 <SIDE KMF> サザーランド（写真左）との比較。頭部以外は商品のままだが、淡いグレーを基調としたカラーリングに塗り替えたことで印象が大きく異なっている

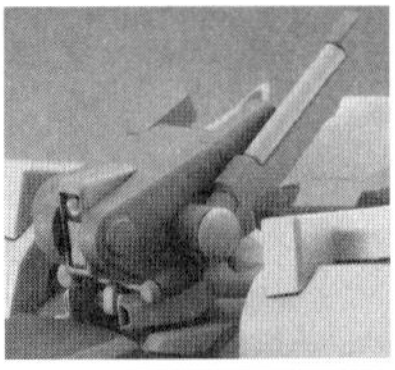

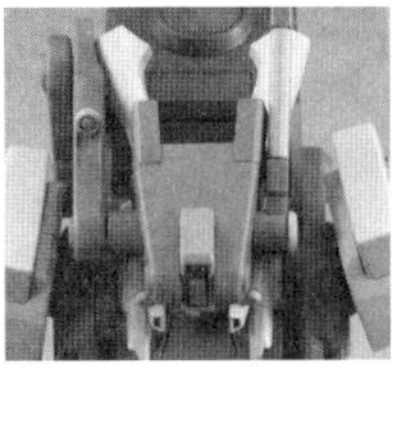

▲▶コックピットから伸びる高精度照準システムは、削り込んでひとまわり小さくした頭部に直接パテを盛り、プラ板で囲むことで再現。アームはプラ材による

▲ROBOT魂がベースとなっているため抜群の可動域を誇る。作例もその特徴は健在で写真のようにダイナミックな射撃ポーズも可能だ

（月刊ホビージャパン2018年4月号掲載）

特撮用模型作例紹介

BANDAI SPIRITS
ノンスケール ABS&PVCモデル
"ROBOT魂<SIDE KMF>
ヴィンセント指揮官専用型"改造

ヴィンセント・スナイプ

製作／おれんぢえびす

物語後半から登場するヴィンセントシュネー・ヘクセン機をROBOT魂<SIDE KMF> ヴィンセントからの改造で製作。大きく形状の異なる頭部、ハドロン・ブラスターに変形する右肩アーマーをスクラッチで仕上げている。

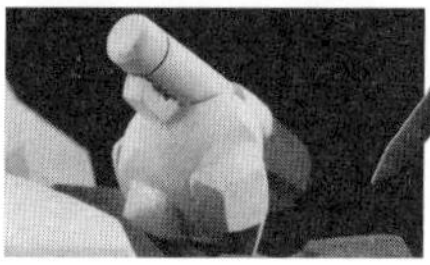

▲頭部はエポパテで新造。細かく盛って削ってを繰り返して形にしている

▲ROBOT魂をベースしているために、ヴィンセントの主武装であるMVSと腰のスラッシュハーケンも再現可能

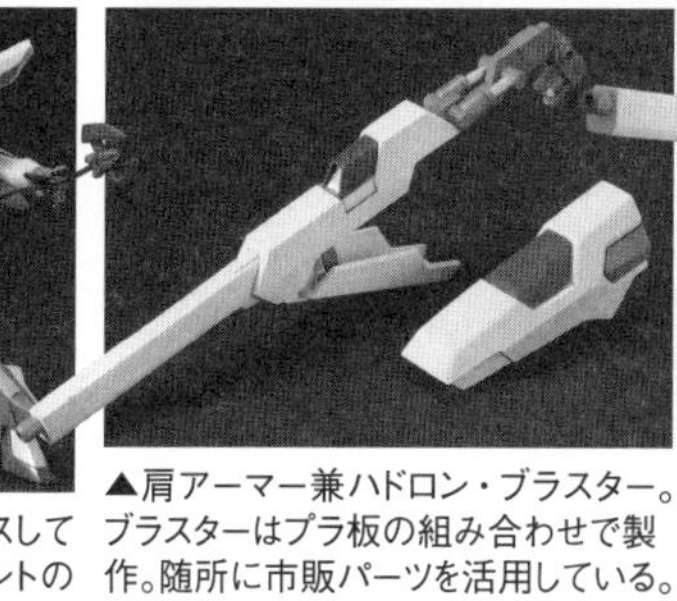

▲肩アーマー兼ハドロン・ブラスター。ブラスターはプラ板の組み合わせで製作。随所に市販パーツを活用している。ハドロン・ブラスターへの変形はパーツ差し替えで対応。肩アーマーをまるまる差し替えることでスナイプモードとなる

（月刊ホビージャパン2019年7月号掲載）

コードギアス 反逆のルルーシュ外伝 白の騎士 紅の夜叉

CODE GEASS Lelouch of the Rebellion Lancelot & Guren

[Side:スザク]

STAFF

小説　高橋びすい
原作　『コードギアス 反逆のルルーシュ』シリーズより
企画　株式会社サンライズ
編集　木村学、師岡真那
アートディレクター　SOKURA（株式会社ビィピィ）
デザイン　株式会社ビィピィ
カバーイラスト　作画／中谷誠一、仕上げ／柴田亜紀子
模型撮影　株式会社スタジオアール
協力　株式会社BANDAI SPIRITS コレクターズ事業部
　　　株式会社KADOKAWA
SPECIAL THANKS　谷口廣次朗（株式会社サンライズ）

2020年5月30日 初版発行

編集人　木村 学
発行人　松下大介
発行所　株式会社ホビージャパン
〒151-0053　東京都渋谷区代々木2-15-8
TEL 03(5304)7601(編集)
TEL 03(5304)9112(営業)
印刷所　大日本印刷株式会社

Printed in Japan

ISBN978-4-7986-2223-1 C0076

月刊ホビージャパン2018年2月号から、2019年11月号収録に新規エピソードを加えたものです。